名人与生活文丛

王干 主编

我的精神家园

文化名家谈读书

鲁迅等／著

陈武／选编

广陵书社

图书在版编目（ＣＩＰ）数据

我的精神家园：文化名家谈读书 / 鲁迅等著；陈
武选编. -- 扬州：广陵书社，2017.8
（名人与生活文丛 / 王干主编）
ISBN 978-7-5554-0841-3

Ⅰ. ①我… Ⅱ. ①鲁… ②陈… Ⅲ. ①散文集－中国
－现代②读书方法 Ⅳ. ①I266②G792

中国版本图书馆CIP数据核字(2017)第220805号

书　　名 我的精神家园：文化名家谈读书
著　　者 鲁迅等著　陈武选编
责任编辑 李　洁
出 版 人 曾学文

出版发行 广陵书社
　　　　 扬州市维扬路 349 号　　　　邮编　225009
　　　　 http://www.yzglpub.com　　　E-mail:yzglss@163.com

印　　刷 三河市华东印刷有限公司

开　　本 880 毫米 × 1230 毫米　1/32
印　　张 7
字　　数 200 千字
版　　次 2018 年 1 月第 1 版第 1 次印刷
标准书号 ISBN 978-7-5554-0841-3
定　　价 39.80 元

前 言

书，记载了人类的智慧，读书，是智慧的传承。若无书，或无人读书，则文明就无从谈起，人类或将永远蒙昧。

读书一事，可谓传承久远矣。

《礼记·文王世子》中载："秋学礼，执礼者诏之；冬读书，典书者诏之。"

唐代韩愈《感二鸟赋》序："读书著文，自七岁至今，凡二十二年。"

《元史·良吏传》："读书务明理以致用。"

近代夏丏尊、叶圣陶《文心》十四："正是王先生的声音，原来王先生在读书。"

书，拓展了我们的人生。人生的长度一定，宽度，却由我们自己拓展，读书的多寡，成为拓展人生宽度最重要的手段。

不读书的人，只有一个人生；读书的人，却可以拥有无数个人生。读书是通往梦想、完善自我的一个途径，多读书，让我们得以心地清明、视野开阔、阅历丰富，笑看人间风云淡。人一生是一条路，在这条路上或蹒跚或矫健的每一步，连成每个人一生唯一的轨迹，这路只有一次，不能存档，亦不能重来。而在人生的道路上，我们所见的风景是有限的。书就像望远镜，让我们看得更远、更清晰。读书可以丰富知识，完善思想，提升境界。

有高人曰，阅读面一定要广，要不断扩大。保持一生的阅读习惯。不断进步，终生学习。一生中都要不断丰富自己。人是要提高境界的，而人的境界是无止境的。人生应有意义，有价值。要学会自主学习。读书和没读书肯定是不一样的，境界会不同。书犹药也，善读之可以医愚。

本书精选近现代大师写读书的文章 36 篇，与您共享读书之乐。

目录

读书杂谈

——七月十六日在广州知用中学讲

□ 鲁　迅

　　因为知用中学的先生们希望我来演讲一回，所以今天到这里和诸君相见。不过我也没有什么东西可讲。忽而想到学校是读书的所在，就随便谈谈读书。是我个人的意见，姑且供诸君的参考，其实也算不得什么演讲。

　　说到读书，似乎是很明白的事，只要拿书来读就是了，但是并不这样简单。至少，就有两种：一是职业的读书，一是嗜好的读书。所谓职业的读书者，譬如学生因为升学，教员因为要讲功课，不翻翻书，就有些危险的就是。我想在坐的诸君之中一定有些这样的经验，有的不喜欢算学，有的不喜欢博物，然而不得不学，否则，不能毕业，不能升学，和将来的生计便有妨碍了。我自己也这样，因为做教员，有时即非看不喜欢看的书不可，要不这样，怕不久便会于饭碗有妨。我们习惯了，一说起读书，就觉得是高尚的事情，其实这样的读书，和木匠的磨斧头，裁缝的理针线并没有什么分别，并不见得高尚，有时还很苦痛，很可怜。你爱做的事，偏不给你做，你不爱做的，倒非做不可。这是由于职业和嗜好不能合一而来的。倘能够大家去做爱做的事，而仍然各有饭吃，那是多么幸福。但现在的社会上还做不到，所以读书的人们的最大部分，大概是勉勉强强的，带着苦痛的为职业的读书。

现在再讲嗜好的读书罢。那是出于自愿，全不勉强，离开了利害关系的。——我想，嗜好的读书，该如爱打牌的一样，天天打，夜夜打，连续的去打，有时被公安局捉去了，放出来之后还是打。诸君要知道真打牌的人的目的并不在赢钱，而在有趣。牌有怎样的有趣呢，我是外行，不大明白。但听得爱赌的人说，它妙在一张一张的摸起来，永远变化无穷。我想，凡嗜好的读书，能够手不释卷的原因也就是这样。他在每一叶每一叶里，都得着深厚的趣味。自然，也可以扩大精神，增加智识的，但这些倒都不计及，一计及，便等于意在赢钱的博徒了，这在博徒之中，也算是下品。

不过我的意思，并非说诸君应该都退了学，去看自己喜欢看的书去，这样的时候还没有到来；也许终于不会到，至多，将来可以设法使人们对于非做不可的事发生较多的兴味罢了。

我现在是说，爱看书的青年，大可以看看本分以外的书，即课外的书，不要只将课内的书抱住。但请不要误解，我并非说，譬如在国文讲堂上，应该在抽屉里暗看《红楼梦》之类；乃是说，应做的功课已完而有余暇，大可以看看各样的书，即使和本业毫不相干的，也要泛览。譬如学理科的，偏看看文学书，学文学的，偏看看科学书，看看别个在那里研究的，究竟是怎么一回事。这样子，对于别人，别事，可以有更深的了解。现在中国有一个大毛病，就是人们大概以为自己所学的一门是最好，最妙，最要紧的学问，而别的都无用，都不足道的，弄这些不足道的东西的人，将来该当饿死。其实是，世界还没有如此简单，学问都各有用处，要定什么是头等还很难。也幸而有各式各样的人，假如世界上全是文学家，到处所讲的不是"文学的分类"便是"诗之构造"，那倒反而无聊得很了。

不过以上所说的，是附带而得的效果，嗜好的读书，本人自然并不计及那些，就如游公园似的，随随便便去，因为随随便便，所以不吃力，因为不吃力，所以会觉得有趣。如果一本书拿到手，就满心想道，"我在读书了！""我在用功了！"那就容易疲劳，因而减掉兴味，或者变成苦事了。

我看现在的青年，为兴味的读书的是有的，我也常常遇到各样的询问。此刻就将我所想到的说一点，但是只限于文学方面，因为我不明白其他的。

第一，是往往分不清文学和文章。甚至于已经来动手做批评文章的，也免不了这毛病。其实粗粗的说，这是容易分别的。研究文章的历史或理论的，是文学家，是学者；做做诗，或戏曲小说的，是做文章的人，就是古时候所谓文人，此刻所谓创作家。创作家不妨毫不理会文学史或理论，文学家也不妨做不出一句诗。然而中国社会上还很误解，你做几篇小说，便以为你一定懂得小说概论，做几句新诗，就要你讲诗之原理。我也尝见想做小说的青年，先买小说法程和文学史来看。据我看来，是即使将这些书看烂了，和创作也没有什么关系的。

事实上，现在有几个做文章的人，有时也确去做教授。但这是因为中国创作不值钱，养不活自己的缘故。听说美国小名家的一篇中篇小说，时价是二千美金；中国呢，别人我不知道，我自己的短篇寄给大书铺，每篇卖过二十元。当然要寻别的事，例如教书，讲文学。研究是要用理智，要冷静的，而创作须情感，至少总得发点热，于是忽冷忽热，弄得头昏，——这也是职业和嗜好不能合一的苦处。苦倒也罢了，结果还是什么都弄不好。那证据，是试翻世界文学史，那里面的人，几乎没有兼做教授的。

还有一种坏处，是一做教员，未免有顾忌；教授有教授的架子，不能畅所欲言。这或者有人要反驳：那么，你畅所欲言就是了，何必如此小心。然而这是事前的风凉话，一到有事，不知不觉地他也要从众来攻击的。而教授自身，纵使自以为怎样放达，下意识里总不免有架子在。所以在外国，称为"教授小说"的东西倒并不少，但是不大有人说好，至少，是总难免有令人发烦的炫学的地方。

所以我想，研究文学是一件事，做文章又是一件事。

第二，我常被询问：要弄文学，应该看什么书？这实在是一个极难回答的问题。先前也曾有几位先生给青年开过一大篇书目。但从我看来，这是没有什么用处的，因为我觉得那都是开书目的先生自己想要看或者未必想要看的书目。我以为倘要弄旧的呢，倒不如姑且靠着张之洞的《书目答问》去摸门径去。倘是新的，研究文学，则自己先看看各种的小本子，如本间久雄的《新文学概论》，厨川白村的《苦闷的象征》，瓦浪斯基们的《苏俄的文艺论战》之类，然后自己再想想，再博览下去。因为文学的理论不像算学，二二一定得四，所以议论很纷歧。如第三种，便是俄国的两派的争论，——我附带说一句，近来听说连俄国的小说也不大有人看了，似乎一看见"俄"字就吃惊，其实苏俄的新创作何尝有人绍介，此刻译出的几本，都是革命前的作品，作者在那边都已经被看作反革命的了。倘要看看文艺作品呢，则先看几种名家的选本，从中觉得谁的作品自己最爱看，然后再看这一个作者的专集，然后再从文学史上看看他在史上的位置；倘要知道得更详细，就看一两本这人的传记，那便可以大略了解了。如果专是请教别人，则各人的嗜好不同，总是格不相入的。

第三，说几句关于批评的事。现在因为出版物太多了，——其实有什么呢，而读者因为不胜其纷纭，便渴望批评，于是批评家也便应运而起。批评这东西，对于读者，至少对于和这批评家趣旨相近的读者，是有用的。但中国现在，似乎应该暂作别论。往往有人误以为批评家对于创作是操生杀之权，占文坛的最高位的，就忽而变成批评家；他的灵魂上挂了刀。但是怕自己的立论不周密，便主张主观，有时怕自己的观察别人不看重，又主张客观；有时说自己的作文的根柢全是同情，有时将校对者骂得一文不值。凡中国的批评文字，我总是越看越胡涂，如果当真，就要无路可走。印度人是早知道的，有一个很普通的比喻。他们说：一个老翁和一个孩子用一匹驴子驮着货物去出卖，货卖去了，孩子骑驴回来，老翁跟着走。但路人责备他了，说是不晓事，叫老年人徒步。他们便换了一个地位，而旁人又说老人忍心；老人忙将孩子抱到鞍鞒上，后来看见的人却说他们残酷；于是都下来，走了不久，可又有人笑他们了，说他们是呆子，空着现成的驴子却不骑。于是老人对孩子叹息道，我们只剩了一个办法了，是我们两人抬着驴子走。无论读，无论做，倘若旁征博访，结果是往往会弄到抬驴子走的。

不过我并非要大家不看批评，不过说看了之后，仍要看看本书，自己思索，自己做主。看别的书也一样，仍要自己思索，自己观察。倘只看书，便变成书厨，即使自己觉得有趣，而那趣味其实是已在逐渐硬化，逐渐死去了。我先前反对青年躲进研究室，也就是这意思，至今有些学者，还将这话算作我的一条罪状哩。

听说英国的培那特萧（Bernard Shaw），有过这样意思的话：世间最不行的是读书者。因为他只能看别人的思想艺术，不用自己。这也就是勖本华尔（Schopenhauer）之所谓脑子里给别人跑马。较好的是思索者。因为能用自己的生活力了，但还不免是空想，所以更好的是观察者，他用自己的眼睛去读世间这一部活书。

这是的确的，实地经验总比看，听，空想确凿。我先前吃过干荔支，罐头荔支，陈年荔支，并且由这些推想过新鲜的好荔支。这回吃过了，和我所猜想的不同，非到广东来吃就永不会知道。但我对于萧的所说，还要加一点骑墙的议论。萧是爱尔兰人，立论也不免有些偏激的。我以为假如从广东乡下找一个没有历练的人，叫他从上海到北京或者什么地方，然后问他观察所得，我恐怕是很有限的，因为他没有练习过观察力。所以要观察，还是先要经过思索和读书。

总之，我的意思是很简单的：我们自动的读书，即嗜好的读书，请教别人是大抵无用，只好先行泛览，然后决择而入于自己所爱的较专的一门或几门；但专读书也有弊病，所以必须和实社会接触，使所读的书活起来。

随便翻翻

□ 鲁　迅

我想讲一点我的当作消闲的读书——随便翻翻。但如果弄得不好，会受害也说不定的。

我最初去读书的地方是私塾，第一本读的是《鉴略》，桌上除了这一本书和习字的描红格，对字（这是做诗的准备）的课本之外，不许有别的书。但后来竟也慢慢的认识字了，一认识字，对于书就发生了兴趣，家里原有两三箱破烂书，于是翻来翻去，大目的是找图画看，后来也看看文字。这样就成了习惯，书在手头，不管它是什么，总要拿来翻一下，或者看一遍序目，或者读几叶内容，到得现在，还是如此，不用心，不费力，往往在作文或看非看不可的书籍之后，觉得疲劳的时候，也拿这玩意来作消遣了，而且它也的确能够恢复疲劳。

倘要骗人，这方法很可以冒充博雅。现在有一些老实人，和我闲谈之后，常说我书是看得很多的，略谈一下，我也的确好像书看得很多，殊不知就为了常常随手翻翻的缘故，却并没有本本细看。还有一种很容易到手的秘本，是《四库书目提要》，倘还怕繁，那么，《简明目录》也可以，这可要细看，它能做成你好像看过许多书。不过我也曾有过正经工夫，如什么"国学"之类，请过先生指教，留心过学者所开的参考书目，结果都不满意。有些书目开得太多，要十来年才能看完，我还疑心他自己就没有看；只开几部的较好，可是这须看这位开书目的先生了，如果他是一位胡涂虫，那么，开出来的几部一定也是极顶胡涂书，不看还好，一看就胡涂。

我并不是说，天下没有指导后学看书的先生，有是有的，不过很难得。

这里只说我消闲的看书——有些正经人是反对的，以为这么一来，就"杂"！"杂"，现在又算是很坏的形容词。但我以为也有好处。譬如我们看一家的陈年账簿，每天写着"豆付三文，青菜十文，鱼五十文，酱油一文"，就知先前这几个钱就可以买一天的小菜，吃够一家；看一本旧历本，写着"不宜出行，不宜沐浴，不宜上梁"，就知道先前是有这么多的禁忌。看见了宋人笔记里的"食菜事魔"，明人笔记里的"十彪五虎"，就知道"哦呵，原来'古已有之'。"但看完一部书，都是些那时的名人轶事，某将军每餐要吃三十八碗饭，某先生体重一百七十五斤半；

或是奇闻怪事，某村雷劈蜈蚣精，某妇产生人面蛇，毫无益处的也有。这时可得自己有主意了，知道这是帮闲文士所做的书。凡帮闲，他能令人消闲消得最坏，他用的是最坏的方法。倘不小心，被他诱过去，那就坠入陷阱，后来满脑子是某将军的饭量，某先生的体重，蜈蚣精和人面蛇了。

讲扶乩的书，讲婊子的书，倘有机会遇见，不要皱起眉头，显示憎厌之状，也可以翻一翻；明知道和自己意见相反的书，已经过时的书，也用一样的办法。例如杨光先的《不得已》是清初的著作，但看起来，他的思想是活着的，现在意见和他相近的人们正多得很。这也有一点危险，也就是怕被它诱过去。治法是多翻，翻来翻去，一多翻，就有比较，比较是医治受骗的好方子。乡下人常常误认为一种硫化铜为金矿，空口是和他说不明白的，或者他还会赶紧藏起来，疑心你要白骗他的宝贝。但如果遇到一点真的金矿，只要用手掂一掂轻重，他就死心塌地：明白了。

"随便翻翻"是用各种别的矿石来比的方法，很费事，没有用真的金矿来比的明白，简单。我看现在的青年常在问人该读什么书，就是要看一看真金，免得受硫化铜的欺骗。而且一识得真金，一面也就真的识得了硫化铜，一举两得了。

但这样的好东西，在中国现有的书里，却不容易得到。我回忆自己的得到一点知识，真是苦得可怜。幼小时候，我知道中国在"盘古氏开辟天地"之后，有三皇五帝，……宋朝，元朝，明朝，"我大清"。到二十岁，又听说"我们"的成吉思汗征服欧洲，是"我们"最阔气的时代。到二十五岁，才知道所谓这"我们"最阔气的时代，其实是蒙古人征服了中国，我们做了奴才。直到今年八月里，因为要查一点故事，翻了三部蒙古史，这才明白蒙古人的征服"斡罗思"，侵入匈奥，还在征服全中国之前。那时的成吉思还不是我们的汗，倒是俄人被奴的资格比我们老，应该他们说"我们的成吉思汗征服中国，是我们最阔气的时代"的。

我久不看现行的历史教科书了，不知道里面怎么说；但在报章杂志上，却有时还看见以成吉思汗自豪的文章。事情早已过去了，原没有什么大关系，但也许正有着大关系，而且无论如何，总是说些真实的好。所以我想，无论是学文学的，学科学的，他应该先看一部关于历史的简明而可靠的书。但如果他专讲天王星，或海王星，虾蟆的神经细胞，或只咏梅花，叫妹妹，不发关于社会的议论，那么，自然，不看也可以的。

我自己，是因为懂一点日本文，在用日译本《世界史教程》和新出的《中国社会史》应应急的，都比我历来所见的历史书类说得明确。前一种中国曾有译本，但只有一本，后五本不译了，译得怎样，因为没有见过，不知道。后一种中国倒先有译本，叫作《中国社会发展史》，不过据日译者说，是多错误，有删节，靠不住的。

我还在希望中国有这两部书。又希望不要一哄而来，一哄而散，要译，就译他完；也不要删节，要删节，就得声明，但最好还是译得小心，完全，替作者和读者想一想。

读　书

□　胡　适

"读书"这个题，似乎很平常，也很容易。然而我却觉得这个题目很不好讲。据我所知，"读书"可以有三种说法：

（一）要读何书　关于这个问题，《京报副刊》上已经登了许多时候的"青年必读书"；但是这个问题，殊不易解决，因为个人的见解不同，个性不同。各人所选只能代表各人的嗜好，没有多大的标准作用。所以我不讲这一类的问题。

（二）读书的功用　从前有人作"读书乐"，说什么"书中自有千钟粟，书中自有黄金屋，书中自有颜如玉"，现在我们不说这些话了。要说，读书是求智识，智识就是权力。这些话都是大家会说的，所以我也不必讲。

（三）读书的方法　我今天是想根据个人经验，同诸位谈谈读书的方法。

我的第一句话是很平常的，就是说，读书有两个要素：

第一要精。

第二要博。

现在先说什么叫"精"。

我们小的时候读书，差不多每个小孩都有一条书签，上面写十个字，这十个字最普遍的就是"读书三到：眼到，口到，心到"。现在这种书签虽不用，三到的读书法却依然存在。不过我以为读书三到是不够的；须有四到，是："眼到，口到，心到，手到。"我就拿它来说一说。

眼到是要个个字认得，不可随便放过。这句话起初看去似乎很容易，其实很不容易。读中国书时。每个字的一笔一画都不放过，近人费许多功夫在校勘学上，都因古人忽略一笔一画而已。读外国书要把 A，B，C，D……等字母弄得清清楚楚。所以说这是很难的。如有人翻译英文，把 port 看作 pork，把 oats 看作 oaks，于是葡萄酒一变而为猪肉，小草变成了大树。说起来这种例子很多，这都是眼睛不精细的结果。书是文字做成的，不肯仔细认字，就不必读书。眼到对于读书的关系很大，一时眼不到，贻害很大，并且眼到能养成好习惯，养成不苟且的人格。

口到是一句一句要念出来。前人说口到是要念到烂熟背得出来。我们现在虽不提倡背书，但有几类的书，仍旧有熟读的必要；如心爱的诗歌，如精彩的文章，熟读多些，于自己的作品上也有良好的影响。读此外的书，虽不须念熟，也要一句一句念出来，中国书如此，外国书更要如此，念书的功用能使我们格外明了每一句的构造，句中各部分的关系。往往一遍念不通，要念两遍以上，方才能明白的。读好的小说尚且要如此，何况读关于思想学问的书呢？

心到是每章每句每字意义如何？何以如是？这样用心考究。但是用心不是叫人枯坐冥想，是要靠外面的设备及思想的方法的帮助。要做到这一点，须要有几个条件：

（一）字典，辞典，参考书等等工具要完备。这几样工具虽不能办到，也当到图书馆去看。我个人的意见是奉劝大家，当衣服，卖田地，至少要置备一点好的工具。比如买一本《韦氏大字典》，胜于请几个先生。这种先生终身跟着你，终身享受不尽。

（二）要做文法上的分析。用文法的知识，作文法上的分析，要懂得文法构造，方才懂得它的意义。

（三）有时要比较参考，有时要融会贯通，方能了解。不可但看字面。一个字往往有许多意义，读者容易上当。例如 turn 这字：

作外动字解有十五解，

作内动字解有十三解，

作名词解有二十六解，

共五十四解，而成语不算。

又如 strike：

作外动字解有三十一解，

作内动字解有十六解，

作名词解有十八解，

共六十五解。

又如 go 字最容易了，然而这个字：

作内动字解有二十二解，

作外动字解有三解，

作名词解有九解，

共三十四解。

以上是英文字须要加以考究的例子。英文字典是完备的；但是某一字在某一句究竟用第几个意义呢？这就非比较上下文，或贯串全篇，不能懂了。

中文较英文更难，现在举几个例：

祭文中第一句"维某年月日"之"维"字，究作何解？字典上说它是虚字。《诗经》里"维"字有二百多，必须细细比较研究，然后知道这个字有种种意义。

又《诗经》之"于"字，"之子于归""凤凰于飞"等句，"于"字究作何解？非仔细考究是不懂的。又"言"字人人知道，但在《诗经》中就发生问题，必须比较，然后知"言"字为联接字。诸如此例甚多，中国古书很难读，古字典又不适用，非是用比较归纳的研究方法，我们如何懂得呢？

总之，读书要会疑，忽略过去，不会有问题，便没有进益。

宋儒张载说："读书先要会疑。于不疑处有疑，方是进矣。"

他又说："在可疑而不疑者，不曾学。学则须疑。"又说："学贵心悟，守旧无功。"

宋儒程颐说："学原于思。"

这样看起来，读书要求心到；不要怕疑难，只怕没有疑难。工具要完备，思想要精密，就不怕疑难了。

现在要说手到。手到就是要劳动劳动你的贵手。读书单靠眼到，口到，心到，还不够的；必须还得自己动动手，才有所得。例如：

（1）标点分段，是要动手的。

（2）翻查字典及参考书，是要动手的。

（3）做读书札记，是要动手的。札记又可分四类：

（a）抄录备忘。

（b）作提要，节要。

（c）自己记录心得。张载说："心中苟有所开，即便札记。不则还塞之矣。"

（d）参考诸书，融会贯通，作有系统的著作。

手到的功用。我常说：发表是吸收智识和思想的绝妙方法。吸收进来的知识思想，无论是看书来的，或是听讲来的，都只是模糊零碎，都算不得我们自己的东西。自己必须做一番手脚，或做提要，或做说明，或做讨论，自己重新组织过，申叙过，用自己的语言记述过，——那种智识思想方才可算是你自己的了。

我可以举一个例。你也会说"进化"，他也会谈"进化"，但你对于"进化"这个观念的见解未必是很正确的，未必是很清楚的；也许只是一种"道听途说"，也许只是一种时髦的口号。这种知识算不得知识，更算不得是"你的"知识。假使你听了我这句话，不服气，今晚回去就去遍翻各种书籍，仔细研究进化论的科学上的根据；假使你翻了几天书之后，发愤动手，把你研究所得写成一篇读书札记；假使你真动手写了这么一篇《我为什么相信进化论？》的札记，列举了：

（一）生物学上的证据；

（二）比较解剖学上的证据；

（三）比较胚胎学上的证据；

（四）地质学和古生物学上的证据；

（五）考古学上的证据；

（六）社会学和人类学上的证据。

到这个时候，你所有关于"进化论"的知识，经过了一番组织安排，经过了自己的去取叙述，这时候这些知识方才可算是你自己的了。所以我说，发表是吸收的利器；又可以说，手到是心到的法门。

至于动手标点，动手翻字典，动手查书，都是极要紧的读书秘诀，诸位千万不要轻轻放过。内中自己动手翻书一项尤为要紧。我记得前几年我曾劝顾颉刚先生标点姚际恒的《古今伪书考》。当初我知道他的生活困难，希望他标点一部书付印，卖几个钱。那部书是很薄的一本，我以为他一两个星期就可以标点完了。哪知顾先生一去半年，还不曾交卷。原来他于每条引的书，都去翻查原书，仔细校对，注明出处，注明原书卷第，注明删节之处。他动手半年之后，来对我说，《古今伪书考》不必付印了，他现在要编辑一部疑古的丛书，叫做"辨伪丛刊"。我很赞成他这个计划，让他去动手。他动手了一两年之后，更进步了，又超过那"辨伪丛刊"的计划了，他要自己创作了。他前年以来，对于中国古史，做了许多辨伪的文字；他眼前的成绩早已超过崔述了，更不要说姚际恒了。顾先生将来在中国史学界的贡献一定不可限量，但我们要知道他成功的最大原因是他的手到的工夫勤而且精。我们可以说，没有动手不勤快而能读书的，没有手不到而能成学者的。

第二要讲什么叫"博"。

什么书都要读，就是博。古人说"开卷有益"，我也主张这个意思，所以说读书第一要精，第二要博。我们主张"博"有两个意思：

第一，为预备参考资料计，不可不博。

第二，为做一个有用的人计，不可不博。

第一，为预备参考资料计。

在座的人，大多数是戴眼镜的。诸位为什么要戴眼镜？岂不是因为戴了眼镜，从前看不见的，现在看得见了；从前很小的，现在看得很大了；从前看不分明的，现在看得清楚分明了？

王荆公说得最好：

世之不见全经久矣。读经而已，则不足以知经。故某目百家诸子之书，至于《难经》《素问》《本草》诸小说，无所不读；农夫女工，无所不问；然后于经为能知其大体而无疑。盖后世学者与先王之时异矣；不如是，不足以尽圣人故也。……致其知而后读，以有所去取，故异学不能乱也。惟其不能乱，故能有所去取者，所以明吾道而已。(《答曾子固》)

他说："致其知而后读。"又说："读经而已，则不足以知经。"即如《墨子》一书在一百年前，清朝的学者懂得此书还不多。到了近来，有人知道光学、几何学、力学、工程学……一看《墨子》，才知道其中有许多部分是必须用这些科学的知识方才能懂的。后来有人知道了伦理学、心理学……懂得《墨子》更多了。读别种书愈多，《墨子》愈懂得多。

所以我们也说，读一书而已则不足以知一书。多读书，然后可以专读一书。譬如读《诗经》，你若先读了北大出版的《歌谣周刊》，便觉得《诗经》好懂得多了；你若先读过社会学、人类学，你懂更多了；你若先读过文字学、古音韵学，你懂得更多了；你若读过考古学、比较宗教学等，你懂得的更多了。

你要想读佛家唯识宗的书吗？最好多读点伦理学、心理学、比较宗教学、变态心理学。无论读什么书总要多配几副好眼镜。

你们记得达尔文研究生物进化的故事吗？达尔文研究生物

演变的现状，前后凡三十多年，积了无数材料，想不出一个简单贯串的说明。有一天他无意中读马尔萨斯的人口论，忽然大悟生存竞争的原则，于是得着物竞天择的道理，遂成一部破天荒的名著，给后世思想界打开一个新纪元。

所以要博学者，只是要加添参考的材料，要使我们读书时容易得"暗示"；遇着疑难时，东一个暗示，西一个暗示，就不至于呆读死书了。这叫做"致其知而后读"。

第二，为做人计。

专工一技一艺的人，只知一样，除此之外，一无所知。这一类的人，影响于社会很少。好有一比，比一根旗竿，只是一根孤拐，孤单可怜。

又有些人广泛博览，而一无所专长，虽可以到处受一班贱人的欢迎，其实也是一种废物。这一类人，也好有一比，比一张很大的薄纸，禁不起风吹雨打。

在社会上，这两种人都是没有什么大影响，为个人计，也很少乐趣。

理想中的学者，既能博大，又能精深。精深的方面，是他的专门学问。博大的方面，是他的旁搜博览。博大要几乎无所不知，精深要几乎惟他独尊，无人能及。他用他的专门学问做中心，次及于直接相关的各种学问，次及于间接相关的各种学问，次及于不很相关的各种学问，以次及毫不相关的各种泛览。这样的学者，也有一比，比埃及的金字三角塔。那金字塔（据最近《东方杂志》，第二十二卷第六号，页一四七）高四百八十英尺，底边各边长七百六十四英尺。塔的最高度代表最精深的专门学问；从此点以次递减，代表那旁收博览的各种相关或不相关的学问。塔底的面积代表博大的范围，精深的造诣，博大的同情心。这样的人，对社会是极有用的人才，对自己也能充分享受人生的趣味。宋儒程颢说的好：

须是大其心使开阔：譬如为九层之台，须大做脚始得。

博学正所以"大其心使开阔"，我曾把这番意思编成两句粗浅的口号，现在拿出来贡献给诸位朋友，作为读书的目标：

为学要如金字塔，要能广大要能高。

为什么读书

□ 胡　适

　　青年会叫我在未离南方赴北方之前在这里谈谈，我很高兴，题目是"为什么读书"。现在读书运动大会开始，青年会拣定了三个演讲题目。我看第二个题目"怎样读书"很有兴味，第三个题目"读什么书"更有兴味，第一个题目无法讲，"为什么读书"，连小孩子都知道，讲起来很难为情，而且也讲不好。所以我今天讲这个题目，不免要侵犯其余两个题目的范围，不过我仍旧要为其余两位演讲的人留一些余地。现在我就把这个题目来试一下看。我从前也有过一次关于读书的演讲，后来我把那篇演讲录略事修改，编入三集《文存》里面，那篇文章题目叫做《读书》，其内容性质较近于第二个题目，诸位可以拿来参考。今天我就来试试"为什么读书"这个题目。

从前有一位大哲学家做了一篇《读书乐》，说到读书的好处，他说："书中自有千钟粟，书中自有黄金屋，书中自有颜如玉。"这意思就是说，读了书可以做大官，获厚禄，可以不至于住茅草房子，可以娶得年轻的漂亮太太（台下哄笑）。诸位听了笑起来，足见诸位对于这位哲学家所说的话不十分满意，现在我就讲所以要读书的别的原因。

为什么要读书？有三点可以讲：第一，因为书是过去已经知道的知识学问和经验的一种记录，我们读书便是要接受这人类的遗产；第二，为要读书而读书，读了书便可以多读书；第三，读书可以帮助我们解决困难，应付环境，并可获得思想材料的来源。我一踏进青年会的大门，就看见许多关于读书的标语。为什么读书，大概诸位看了这些标语就都已知道了，现在我就把以上三点更详细地说一说。

第一，因为书是代表人类老祖宗传给我们的知识的遗产，我们接受了这遗产，以此为基础，可以继续发扬光大，更在这基础之上，建立更高深更伟大的知识。人类之所以与别的动物不同，就是因为人有语言文字，可以把知识传给别人，又传至后人，再加以印刷术的发明，许多书报便印了出来。人的脑很大，与猴不同，人能造出语言，后来更进一步而有文字，又能刻木刻字，所以人最大的贡献就是能累积过去的知识和经验，使后人可以节省很多脑力。非洲野蛮人在山野中遇见鹿，他们就画了一个人和一只鹿以代信，给后面的人叫他们勿追。但是把知识和经验遗给儿孙有什么用处呢？这是有用处的，因为这是前人很好的教训。现在学校里各种教科书，如物理、化学、历史等等，都是根据几千年来进步的知识编纂成书的，一年、两年，或者三年教完一科。自小学，中学，而至大学毕业，这十六年所受的教育，都是代表我们老祖宗几千年来得来的知识学问和经验，所谓进化，就是叫人节省劳力。蜜蜂虽能筑巢，能发明，但传下来就只有这一点知识，没有继续去改革改良，以应付环境，没有做格外进一步的工作。人呢，达不到目的，就再去求进步，而以前人的知识学问和经验作参考。如果每样东西，要个个人从头学起，而不去利用过去的知识，那不是太麻烦了吗？所以人有了这知识的遗产，就可以自己去成家立业，就可以缩短工作，使有余力做别的事。

第二点稍复杂，就是为读书而读书，为求过去的知识而读书。不错，知识可以从书本中得来，但读书不是那么容易的一件事情，不读书不能读书，要能读书才能多读书。好比戴了眼镜，小的可以放大，模糊的可以看得清楚，远的可以变近，所以读书要戴眼镜。不读书，学问不能进去，读书没有门径，学问也不能进去。王安石对曾子固说过："读经而已，则不足以知经。"所以他对于《本草纲目》《内经》、小说，无所不读，这样对于经才可以明白一些，所谓"致已知而后读"，读书无非扩充知识而已。

我十二岁时，各种小说都看得懂，到了三十年以后，再回头看，很多不懂。讲到《诗经》，从前以为讲的是男女爱情、文王后妃一类的事，从前是戴了一副黑眼镜去看，现在换了一副眼镜，觉得完全不同。现在才知道《诗经》和民间歌谣很有关系。对于民间歌谣的研究，近来很有进步，北平有《歌谣周刊》《歌谣丛书》，关于各地歌谣收罗很广。我们如果能把歌谣的文章，社会学，人类学，研究一下，就可以知道幼稚时代的环境和生活很有趣味，例如诗经里有一段说："白茅包之，有女怀春，吉士诱之。"在从前眼光看来，觉得完全讲不通，现在才知道当时野蛮人社会有一种风俗，就是男子向女子求婚，要打野兽送到女家，若不收，便是不答应。还有《诗经》里"窈窕淑女"一节，从比较民族学眼光看来，我们可以知道当时社会的人，吃饭时可以打鼓弹琴，丝毫没有受礼教的束缚。再从文法方面来观察，像《诗经》里"之子于归""黄鸟于飞""凤凰于飞"的"于"字，此外，《诗经》里又有几百个"维"字，这些都是有作用无意义的虚字，但以前的人却从未注意及此。所以书是越看越有意义，书越多读越能读书。

再说在《墨子》一书里，差不多各种学问都有，像光学、力学、逻辑、算学、几何学上的圆和平行线，以及经济学上的购买力和货币，几乎什么都讲到了，但你要懂得光学，才能懂得墨子所说的光，你要懂得各种知识，才能懂得《墨子》。总之，读书是为了要读书，多读书更可以读书。最大的毛病就在怕读书，怕书难读。越难读的书我们越要征服它们，把它们作为我们的奴隶或向导。我们要打倒难读，这才是我们的"读书乐"，若是我们有了基础的科学知识，那么，我们在读书时便能左右逢源。我再说一遍，读书的目的在于读书，要读书越多才可以读书越多。

第三点，读书可以帮助解决困难，应付环境，供给思想材料，知识是思想材料的来源。思想可分作五步，思想的起源是大的疑问。吃饭拉屎不用想，但逢着三叉路口，十字街头那样的环境，就发生困难了。走东或是走西，这样做或是那样做，困难很多。病有各样的病，发烧，头痛，多得很。第二步要把问题弄清，困难弄清。第三步才想到如何解决。读书就是出主意，暗示，但主意很多，于是又逢着困难。主意多少要看学问多少。都采用也不行。第四步就是要选择一个假定的解决方法。要想到这一个方法能不能解决，若不能，那么，就换了一个，若能就行了。这好比开锁，这一个钥匙开不出就换了一个，假定是可以开的，那么，问题就解决了。第五步就是试验。凡是有条理的思想都要经过这五步，或是逃不了这五个阶段。科学家要解决问题，侦探要侦探案件，多经过这五步。

第三步主意或暗示很多，若无主意，便无办法，没有主意，便不知道怎样办，这是因为知识不够，学力不足，经验不丰富，从来没有想到，所以到要解决问题时便没有材料。读书是过去知识学问经验的记录，而知识学问经验就是要用在这时候，所谓养军千日，用兵一朝。否则，学问一些都没有，遇到困难就要糊涂起来。例如达尔文把生物变迁现象研究了几十年，却想不出什么原则去解决，后来无意中看到马尔萨斯的《人口论》，说人口是按照几何学级数一倍一倍地增加，粮食是按照数学级数增加，达尔文研究了这原则，忽然触机，就把这原则应用到生物学上去，创了物竞天择的学说。

譬如一条鱼可以产生二百万鱼子，这样，太平洋应该占满了，然而大鱼要吃小鱼，更大的鱼要吃大鱼，所以生物要适应环境才能生存。但按照经济学原则，达尔文主义是很没有条理的，而我们读书就是要解决这个困难。又譬如从前的人以为地球是世界的中心，后来天文学家哥白尼却主张太阳是世界的中心，绕着地球而行。据罗素说，哥白尼所以这样的解说，是因为希腊人已经讲过这句话，哥白尼想到了这句话可以解决这问题，便采用了。假使希腊没有这句话，在六十几年之后恐怕没有人敢说这句话吧。

这就是读书的好处。像这样当初逢着困难后来得到解决的事很多，单说我个人就有许多。在我的书房里有一部小说叫作《醒世姻缘》，是西周生所著，自然用的是假名字，这是17、18世纪间的出品，印好在家藏了六年。这部小说讲到婚姻问题，其内容是这样：有个好老婆，不知何故，后来忽然变坏，作者没有提及解决方法，也没有想到可以离婚，只说是前世作孽，因为在前世男虐待女，女就投生换样子，压迫者变为被压迫者。这种前世作孽，起先相爱，后来忽变的故事，我仿佛什么地方看见过，后来在《聊斋》一书中见到一篇和这相类似的笔记，也是说到一个女子，起先怎样爱着她的丈夫，后来怎样变为凶太太，便想到这部小说大约是蒲留仙或是蒲留仙的朋友做的。去年我看到一本杂志，也说是蒲留仙做的，不过没有证据。今年我在北平，才找到了证据。这一件事可以解释刚才我所说的第二点，就是读书是为了要读书而读书，同时也可以解释第三点，就是读书可以供给出主意的来源。当初若是没有主意，到了逢着困难时便要手足无措，所以读书可以解决问题，就是军事、政治、财政、思想等问题，也都可以解决，这就是读书的用处。我有一位朋友，有一次傍着洋灯看小说，洋灯装有油，但是不亮，因为灯心短了。于是他想到《伊索寓言》里有一篇故事，说是一只老鸦要喝瓶中的水，因为瓶太小，得不到水，它就衔石投瓶中，水乃上来。这位朋友是懂得化学的，加水于灯中恐怕不亮，于是投以铜元，油乃碰到灯心。这是看《伊索寓言》看小说给他的帮助。读书好像用兵，养兵求其能用，否则即使有十万、二十万的大兵也没有用处，有的时候还要兵变呢。

至于"读什么书"，下次陈中凡先生要讲演，今天我也附带地讲一讲。我从五岁起到了四十岁，读了三十五年的书。究竟有几部书应该读，我也曾经想过。其中有条理有系统的书可以说是还没有两三部，至于精心结构之作，二千五百年以来恐怕只有半打。譬如《老子》这部书，今天说一句"道可道"，明天又说一句"非常道"，没有一些系统。集是杂货店，史和子还是杂货店。至于《诗经》《礼记》《易经》也只有一点形式，讲到内容，可以说没有一些东西可以给我们改进道德增进知识的帮助的。中国书不够读乐趣，我们要另开生路，辟殖民地。读书要读到有乐而无苦。能做到这地步，书中便有无穷。希望大家不要怕读书，起初的确要查阅字典，但假使能下一年苦功，能把所读的书的内容句句分析清楚，这样的继续不断做去，那么，在一二年中定可开辟一个乐园，还只怕求知的欲望太大，来不及读呢。我总算是老大哥，今天我就根据我过去三十五年读书的经验，给你们这一个临别的忠告。

我的读书经验

□ 蔡元培

我自十余岁起，就开始读书，读到现在，将满六十年了，中间除大病或其他特别原因外，几乎没有一日不读点书的，然而我也没有什么成就，这是读书不得法的缘故。我把不得法的概略写出来，可以作前车之鉴。

我的不得法第一是不能专心。我初读书的时候，读的都是旧书，不外乎考据、词章两类。我的嗜好，在考据方面，是偏于诂训及哲理的，对于典章名物，是不大耐烦的；在词章上，是偏于散文的，对于骈文及诗词，是不大热心的。然而以一物不知为耻，种种都读，并且算学书也读，医学书也读，都没有读通。所以我曾经想编一部《说文声系义证》，又想编一本

《公羊春秋大义》，都没有成书，所为文辞，不但骈文诗词，没有一首可存的，就是散文也太平凡了。到了四十岁以后我始学德文，后来又学法文，我都没有好好儿做那记生字、练文法的苦工，而就是生吞活剥的看书，所以至今不能写一篇合格的文章，做一回短期的演说。在德国进大学听讲以后，哲学史、文学史、文明史、心理学、美学、美术史、民族学统统去听，那时候这几类的参考书，也就乱读起来了。后来虽勉自收缩，以美学与美术史为主，辅以民族学，然而这类的书终不能割爱，所以想译一本美学，想编一部比较的民族学，也都没有成书。

我的不得法，第二是不能勤笔。我的读书，本来抱一种利己主义，就是书里面的短处，我不大去搜寻他，我止注意于我所认为有用的或可爱的材料。这本来不算坏，但是我的坏处，就是我虽读的时候注意于这几点，但往往为速读起见，无暇把这几点摘抄出来，或在书上做一点特别的记号，若是有时候想起来，除了德文书检目特详，尚易检寻外，其他的书，几乎不容易寻到了。我国现虽有人编"索引""引得"等等，专门的辞典，也逐渐增加，寻检较易，但各人有各自的注意点，普通的检目，断不能如自己记别的方便。我尝见胡适之先生有一个时期，出门时常常携一两本线装书，在舟车上或其他忙里偷闲时翻阅，见到有用的材料，就折角或以铅笔作记号。我想他回家后或者尚有摘抄的手续。我记得有一部笔记，说王渔洋读书时，遇有新隽的典故或词句，就用纸条抄出，贴在书斋壁上，时时览读，熟了就揭去，换上新得的，所以他记得很多。这虽是文学上的把戏，但科学上何尝不可以仿作呢？我因从来懒得动笔，所以没有成就。

　　我的读书的短处，我已经经验了许多的不方便，特地写出来，望读者鉴于我的短处，第一能专心，第二能勤笔，这一定有许多成效。

情圣杜甫

□ 梁启超

一

今日承诗学研究会嘱托讲演，可惜我文学素养很浅薄，不能有甚么新贡献，只好把咱们家里老古董搬出来和诸君摩挲一番，题目是"情圣杜甫"。在讲演本题以前，有两段话应该简单说明：

第一，新事物固然可爱，老古董也不可轻轻抹煞。内中艺术的古董，尤为有特殊价值。因为艺术是情感的表现，情感是不受进化法则支配的；不能说现代人的情感一定比古人优美，所以不能说现代人的艺术一定比古人进步。

第二，用文字表出来的艺术——如诗词歌剧小说等类，多少总含有几分国民的性质。因为现在人类语言未能统一，无论何国的作家，总须用本国语言文字做工具；这副工具操练得不纯熟，纵然有很丰富高妙的思想，也不能成为艺术的表现。

我根据这两种理由，希望现代研究文学的青年，对于本国二千年来的名家作品，着实费一番工夫去赏会他，那么，杜工部自然是首屈一指的人物了。

二

杜工部被后人上他徽号叫做"诗圣"。诗怎么样才算"圣"，标准很难确定，我们也不必轻轻附和。我以为工部最少可以当得起情圣的徽号。因为他的情感的内容，是极丰富的，极真实的，极深刻的。他表情的方法又极熟练，能鞭辟到最深处，能将他全部完全反映不走样子，能像电气一般，一振一荡的打到别人的心弦上，中国文学界写情圣手，没有人比得上他，所以我叫他做情圣。

我们研究杜工部，先要把他所生的时代和他一生经历略叙梗概，看出他整个的人格：两晋六朝几百年间，可以说是中国民族混成时代，中原被异族侵入，搀杂许多新民族的血；江南则因中原旧家次第迁渡，把原住民的文化提高了。当时文艺上南北派的痕迹显然，北派真率悲壮，南派整齐柔婉，在古乐府里头，最可以看出这分野。唐朝民族化合作用，经过完成了政治上统一，影响及于文艺，自然会把两派特性合冶一炉，形成大民族的新美。初唐是黎明时代，盛唐正是成熟时代。内中玄宗开元间四十年太平，正孕育出中国艺术史上黄金时代。到天宝之乱，黄金忽变为黑灰。时事变迁之剧，未有其比。当时蕴蓄深厚的文学界，受了这种激刺，益发波澜壮阔。杜工部正是这个时代的骄儿。他是河南人，生当玄宗开元之初。早年漫游四方，大河以北都有他足迹，同时大文学家李太白、高达夫，都是他的挚友。中年值安禄山之乱，从贼中逃出，跑到甘肃的灵武谒见肃宗，补了个"拾遗"的官，不久告假回家。又碰着饥荒，在陕西的同谷县，几乎饿死。后来流落到四川，依一位故人严武。严武死后，四川又乱，他避难到湖南，在路上死了。他有两位兄弟，一位妹子，都因乱离难得见面。他和他的夫人也常常隔离，他一个小儿子，因饥荒饿死，两个大儿子，晚年跟着他在四川。他一生简单的经历，大略如此。

他是一位极热肠的人，又是一位极有脾气的人。从小便心高气傲，不肯趋承人。他的诗道：

以兹悟生理，独耻事干谒。

（《奉先咏怀》）

又说：

白鸥没浩荡，万里谁能驯。

（《赠韦左丞》）

可以见他的气概。严武做四川节度，他当无家可归的时候去投奔他，然而一点不肯趋承将就，相传有好几回冲撞严武，几乎严武容他不下哩。他集中有一首诗，可以当他人格的象征：

绝代有佳人，幽居在空谷。自言良家子，零落依草木。……在山泉水清，出山泉水浊。侍婢卖珠回，牵萝补茅屋。摘花不插鬓，采柏动盈掬。天寒翠袖薄，日暮倚修竹。

（《佳人》）

这位佳人，身份是非常名贵的，境遇是非常可怜的，情绪是非常温厚的，性格是非常高抗的，这便是他本人自己的写照。

三

他是个最富于同情心的人。他有两句诗：

穷年忧黎元，叹息肠内热。

（《奉先咏怀》）

这不是瞎吹的话，在他的作品中，到处可以证明。这首诗底下便有两段说：

> 彤庭所分帛，本自寒女出。鞭挞其夫家，聚敛贡城阙。
>
> （同上）

又说：

> 况闻内金盘，尽在卫霍室。中堂舞神仙，烟雾散玉质。暖客貂鼠裘，悲管逐清瑟。劝客驼蹄羹，霜橙压香橘。朱门酒肉臭，路有冻死骨。
>
> （同上）

这种诗几乎纯是现代社会党的口吻。他做这诗的时候，正是唐朝黄金时代，全国人正在被镜里雾里的太平景象醉倒了。

这种景象映到他的眼中，却有无限悲哀。

他的眼光，常常注视到社会最下层，这一层的可怜人那些状况，别人看不出，他都看出；他们的情绪，别人传不出，他都传出。他著名的作品"三吏""三别"，便是那时代社会状况最真实的影戏片，《垂老别》的：

> 老妻卧路啼，岁暮衣裳单。孰知是死别，且复伤

其寒。此去必不归，还闻劝加餐。

《新安吏》的：

> 肥男有母送，瘦男独伶俜。白水暮东流，青山犹
> 哭声。莫自使眼枯，收汝泪纵横。眼枯即见骨，天地
> 终无情。

《石壕吏》的：

> 三男邺城戍。一男附书至，二男新战死。存者且
> 偷生，死者长已矣。

　　这些诗是要作者的精神和那所写之人的精神并合为一，才
能做出。他所写的是否他亲闻亲见的事实，抑或他脑中创造的
影像，且不管他；总之他做这首《垂老别》时，他已经化身做
那位六七十岁拖去当兵的老头子，做这首《石壕吏》时，他已
经化身做那位儿女死绝衣食不给的老太婆，所以他说的话，完
全和他们自己说一样。
　　他还有《戏呈吴郎》一首七律，那上半首是：

> 堂前扑枣任西邻，无食无儿一妇人。不为家贫宁
> 有此，只缘恐惧转须亲。……

这首诗，以诗论，并没什么好处，但叙当时一件琐碎实事，——一位很可怜的邻舍妇人偷他的枣子吃，因那人的惶恐，把作者的同情心引起了。这也是他注意下层社会的证据。

有一首《缚鸡行》，表出他对于生物的泛爱，而且很含些哲理：

> 小奴缚鸡向市卖，鸡被缚急相喧争。家人厌鸡食虫蚁，未知鸡卖还遭烹。虫鸡于人何厚薄，吾叱奴人解其缚。鸡虫得失无时了，注目寒江倚山阁。

有一首《茅屋为秋风所破歌》，结尾几句说道：

> ……安得广厦千万间，大庇天下寒士俱欢颜。风雨不动安如山。呜呼！何时眼前突兀见此屋，吾庐独破被冻死亦足。

有人批评他是名士说大话，但据我看来，此老确有这种胸襟，因为他对于下层社会的痛苦，看得真切，所以常把他们的痛苦当作自己的痛苦。

四

他对于一般人如此多情，对于自己有关系的人，更不待说了。我们试看他对朋友：那位因陷贼贬做台州司户的郑虔，他有诗送他道：

　　……便与先生应永诀，九重泉路尽交期。

又有诗怀他道：

　　天台隔三江，风浪无晨暮。郑公纵得归，老病不识路。……

《有怀台州郑十八司户》）

那位因附永王璘造反长流夜郎的李白，他有诗梦他道：

　　死别已吞声，生别常恻恻。江南瘴疠地，逐客无消息。故人入我梦，明我长相忆。恐非平生魂，路远不可测。魂来枫林青，魂返关塞黑。君今在罗网，何以有羽翼。落月满屋梁，犹疑照颜色。水深波浪阔，毋使蛟龙得。

（《梦李白》二首之一）

这些诗不是寻常应酬话，他实在拿郑、李等人当一个朋友，对于他们的境遇，所感痛苦，和自己亲受一样，所以做出来的诗，句句都带血带泪。

他集中想念他兄弟和妹子的诗，前后有二十来首，处处至性流露。最沉痛的如《同谷七歌》中：

　　有弟有弟在远方，三人各瘦何人强。生别展转不相见，胡尘暗天道路长。前飞鸳鹅后鹙鸧，安得送我置汝旁。呜呼！三歌兮歌三发，汝归何处收兄骨。

　　有妹有妹在钟离，良人早没诸孤痴。长淮浪高蛟龙怒，十年不见来何时。扁舟欲往箭满眼，杳杳南国多旌旗。呜呼！四歌兮歌四奏，林猿为我啼清昼。

他自己直系的小家庭，光景是很困苦的，爱情却是很秾挚的。他早年有一首思家诗：

　　今夜鄜州月，闺中只独看。遥怜小儿女，未解忆长安。香雾云鬟湿，清辉玉臂寒。何时倚虚幌，双照泪痕干。

　　　　　　　　　　　　　　　　　　　（《月夜》）

这种缘情旖旎之作，在集中很少见。但这一首已可证明工部是一位温柔细腻的人。他到中年以后，遭值多难，家属离合，经过不少的酸苦。乱前他回家一次，小的儿子饿死了。他的诗道：

> ……老妻寄异县，十口隔风雪。谁能久不顾，庶往共饥渴。入门闻号咷，幼子饿已卒。吾宁舍一哀，里巷亦呜咽。所愧为人父，无食致夭折。
>
> （《奉先咏怀》）

乱后和家族隔绝，有一首诗：

> 去年潼关破，妻子隔绝久。……自寄一封书，今已十月后。反畏消息来，寸心亦何有。……
>
> （《述怀》）

其后从贼中逃归，得和家族团聚，他有好几首诗写那时候的光景。《羌村》三首中的第一首：

> 峥嵘赤云西，日脚下平地。柴门鸟雀噪，归客千里至。妻孥怪我在，惊定还拭泪。世乱遭飘荡，生还偶然遂。邻人满墙头，感叹亦歔欷。夜阑更秉烛，相对如梦寐。

《北征》里头的一段：

> 况我堕胡尘，及归尽华发。经年至茅屋，妻子衣
> 百结。恸哭松声回，悲泉共幽咽。平生所娇儿，颜色
> 白胜雪。见耶背面啼，垢腻脚不袜。床前两小女，补
> 绽才过膝。海图坼波涛，旧绣移曲折。天吴及紫凤，
> 颠倒在裋褐。老夫情怀恶，呕泄卧数日。那无囊中帛，
> 救汝寒凛栗！粉黛亦解苞，衾裯稍罗列。瘦妻面复光，
> 痴女头自栉。学母无不为，晓妆随手抹。移时施朱铅，
> 狼藉画眉阔。生还对童稚，似欲忘饥渴。问事竞挽须，
> 谁能即嗔喝。翻思在贼愁，甘受杂乱聒。

其后挈眷避乱，路上很苦。他有诗追叙那时情况道：

> 忆昔避贼初，北走经险艰。夜深彭衙道，月照白
> 水山。尽室久徒步，逢人多厚颜。……痴女饥咬我，
> 啼畏虎狼闻。怀中掩其口，反侧声愈嗔。小儿强解事，
> 故索苦李餐。一旬半雷雨，泥泞相牵攀。……

> (《彭衙行》)

他合家避乱到同谷县山中，又遇着饥荒，靠草根木皮活命，
在他困苦的全生涯中，当以这时候为最甚。他的诗说：

长镵长镵白木柄，我生托子以为命。黄独无苗山雪盛，短衣数挽不掩胫。此时与子空归来，男呻女吟四壁静。……

（《同谷七歌》之二）

以上所举各诗写他自己家庭状况，我替他起个名字叫做"半写实派"。他处处把自己主观的情感暴露，原不算写实派的作法。但如《羌村》《北征》等篇，多用第三者客观的资格，描写所观察得来的环境和别人情感，从极琐碎的断片详密刻画，确是近世写实派用的方法，所以可叫做半写实。这种作法，在中国文学界上，虽不敢说是杜工部首创，却可以说是杜工部用得最多而最妙。从前古乐府里头，虽然有些，但不如工部之描写入微。这类诗的好处在真，事愈写得详，真情愈发得透。我们熟读他，可以理会得"真即是美"的道理。

五

杜工部的"忠君爱国"，前人恭维他的很多，不用我再添话。他集中对于时事痛哭流涕的作品，差不多占四分之一，若把他分类研究起来，不惟在文学上有价值，而且在史料上有绝大价值。为时间所限，恕我不征引了。内中价值最大者，在能确实描写出社会状况，及能确实讴吟出时代心理。刚才举出半写实派的几首诗，是集中最通用的作法，此外还有许多是纯写

情圣杜甫

实的。试举他几首：

> 献凯日继踵，两蕃静无虞。渔阳豪侠地，击鼓吹笙竽。云帆转辽海，粳稻来东吴。越罗与楚练，照耀舆台躯。主将位益崇，气骄凌上都。边人不敢议，议者死路衢。

（《后出塞》五首之四）

读这些诗，令人立刻联想到现在军阀的豪奢专横。——尤其逼肖奉、直战争前张作霖的状况。最妙处是不著一个字批评，但把客观事实直写，自然会令读者叹气或瞪眼。又如《丽人行》那首七古，全首将近二百字的长篇，完全立在第三者地位观察事实。从"三月三日天气新"，到"青鸟飞去衔红巾"，占全首二十六句中之二十四句，只是极力铺叙那种豪奢热闹情状，不惟字面上没有讥刺痕迹，连骨子里头也没有。直至结尾两句：

> 炙手可热势绝伦，慎莫近前丞相嗔。

算是把主意一逗。但依然不著议论，完全让读者自去批评。这种可以说讽刺文学中之最高技术。因为人类对于某种社会现象之批评，自有共同心理，作家只要把那现象写得真切，自然会使读者心理起反应，若把读者心中要说的话，作者先替他倾吐无余，那便索然寡味了。杜工部这类诗，比白香山《新乐府》高一筹，所争就在此。《石壕吏》《垂老别》诸篇，所用技术，都是此类。

工部的写实诗，什有九属于讽刺类。不独工部为然，近代欧洲写实文学，那一家不是专写社会黑暗方面呢？但杜集中用写实法写社会优美方面的亦不是没有。如《遭田父泥饮》那篇：

> 步墟随春风，村村自花柳。田翁逼社日，邀我尝春酒。酒酣夸新尹，畜眼未见有。回头指大男，"渠是弓弩手。名在飞骑籍，长番岁时久。前日放营农，辛苦救衰朽。差科死则已，誓不举家走。今年大作社，拾遗能住否？"叫妇开大瓶，盆中为吾取。……高声索果栗，欲起时被肘。指挥过无礼，未觉村野丑。月出遮我留，仍嗔问升斗。

这首诗把乡下老百姓极粹美的真性情，一齐活现。你看他父子夫妇间何等亲热；对于国家的义务心何等郑重；对于社交何等爽快，何等恳切。我们若把这首诗当个画题，可以把篇中各人的心理从面孔上传出，便成了一幅绝好的风俗画。

我们须知道：杜集中关于时事的诗，以这类为最上乘。

六

工部写情，能将许多性质不同的情绪，归拢在一篇中，而得调和之美。例如《北征》篇，大体算是忧时之作。然而"青云动高兴，幽事亦可悦"以下一段，纯是玩赏天然之美。

"夜深经战场，寒月照白骨"以下一段，凭吊往事。"况我堕胡尘"以下一大段，纯写家庭实况，忽然而悲，忽然而喜。

"至尊尚蒙尘"以下一段，正面感慨时事，一面盼望内乱速平，一面又忧虑到凭藉回鹘外力的危险。"忆昨狼狈初"以下到篇末，把过去的事实，一齐涌到心上。像这许多杂乱情绪迸在一篇，调和得恰可，非有绝大力量不能。

工部写情，往往愈拗愈紧，愈转愈深，像《哀王孙》那篇，几乎一句一意，试将现行新符号去点读他，差不多每句都须用"。"符或"；"符。他的情感，像一堆乱石，突兀在胸中，断断续续的吐出，从无条理中见条理，真极文章之能事。

工部写情，有时又淋漓尽致一口气说出，如八股家评语所谓"大开大合"。这种类不以曲折见长，然亦能极其美。集中模范的作品，如《忆昔行》第二首，从"忆昔开元全盛日"起到"叔孙礼乐萧何律"止，极力追述从前太平景象，从社会道德上赞美，令意义格外深厚。自"岂闻一缣直万钱"到"复恐初从乱离说"，翻过来说现在乱离景象，两两比对，令读者胆战肉跃。

工部还有一种特别技能，几乎可以说别人学不到，他最能用极简的语句，包括无限情绪，写得极深刻。如《喜达行在所》三首中第三首的头两句。

死去凭谁报，归来始自怜。

仅仅十个字，把十个月内虎口余生的甜酸苦辣都写出来，这是何等魄力。又如前文所引《述怀》篇的"反畏消息来"。

五个字，写乱离中担心家中情状，真是惊心动魄。又如《垂老别》里头：

势异邺城下，纵死时犹宽。

死是早已安排定了，只好拿期限长些作安慰，（原文是写老妻送行时语。）这是何等沉痛。又如前文所引的：

郑公纵得归，老病不识路。

明明知道他绝对不得归了，让一步虽得归，已经万事不堪回首。此外如：

带甲满天地，胡为君远行。

（《送远》）

万方同一概，吾道竟何之。

（《秦州杂诗》）

国破山河在，城春草木深。

（《春望》）

亲朋无一字，老病有孤舟。

（《登岳阳楼》）

古往今来皆涕泪，断肠分手各风烟。

（《公安送韦二少府》）

之类，都是用极少的字表极复杂极深刻的情绪，他是用洗练工夫用得极到家，所以说："语不惊人死不休。"此其所以为文学家的文学。

悲哀愁闷的情感易写，欢喜的情感难写。古今作家中，能将喜情写得逼真的，除却杜集《闻官军收河南河北》外，怕没有第二首。那诗道：

剑外忽闻收蓟北，初闻涕泪满衣裳。却看妻子愁何在，漫卷诗书喜欲狂。白日放歌须纵酒，青春结伴好还乡。即从巴峡穿巫峡，便下襄阳到洛阳。

那种手舞足蹈情形，从心坎上奔迸而出，我说他和古乐府的《公无渡河》是同一样笔法。彼是写忽然剧变的悲情，此是写忽然剧变的喜情，都是用快光镜照相照得的。

七

工部流连风景的诗比较少，但每有所作，一定于所咏的景物观察入微。便把那景物做象征，从里头印出情绪。如：

> 竹凉侵卧内，野月满庭隅。重露成涓滴，稀星乍有无。暗飞萤自照，水宿鸟相呼。万事干戈里，空悲清夜徂。

（《倦夜》）

题目是"倦夜"，景物从初夜写到中夜后夜，是独自一个人有心事，睡不着，疲倦无聊中所看出的光景，所写环境，句句和心理反应。又如：

> 风急天高猿啸哀，渚清沙白鸟飞回。无边落木萧萧下，不尽长江滚滚来。……

（《登高》）

虽然只是写景，却有一位老病独客秋天登高的人在里头。

便不读下文"万里悲秋常作客,百年多病独登台"两句,已经如见其人了。又如:

> 细草微风岸,危樯独夜舟。星垂平野阔,月涌大江流。……
>
> (《旅夜书怀》)

从寂寞的环境上领略出很空阔很自由的趣味。末两句说:"飘飘何所似,天地一沙鸥。"把情绪一点便醒。

所以工部的写景诗,多半是把景做表情的工具。像王、孟、韦、柳的写景,固然也离不了情,但不如杜之情的分量多。

八

诗是歌的笑的好呀?还是哭的叫的好?换一句话说:诗的任务在赞美自然之美呀?抑在呼诉人生之苦?再换一句话说:我们应该为做诗而做诗呀?抑或应该为人生问题中某项目的而做诗?这两种主张,各有极强的理由;我们不能作极端的左右袒,也不愿作极端的左右袒。依我所见:人生目的不是单调的,美也不是单调的。为爱美而爱美,也可以说为的是人生目的;因为爱美本来是人生目的的一部分。诉人生苦痛,写人生黑暗,也不能不说是美。因为美的作用,不外令自己或别人起快感;痛楚的刺激,也是快感之一;例如肤痒的人,用手抓到出血，越抓越畅快。像情感怎么热烈的杜工部，他的作品，自然是刺激性极强，近于哭叫人生目的那一路；主张人生艺术观的人，固然要读他。但还要知道：他的哭声，是三板一眼的哭出来，节节含着真美；主张唯美艺术观的人，也非读他不可。

我很惭愧：我的艺术素养浅薄，这篇讲演，不能充分发挥"情圣"作品的价值；但我希望这位情圣的精神，和我们的语言文字同其寿命；尤盼望这种精神有一部分注入现代青年文学家的脑里头。

闭户读书论

□ 周作人

自唯物论兴而人心大变。昔者世有所谓灵魂等物，大智固亦以轮回为苦，然在凡夫则未始不是一种慰安，风流士女可以续未了之缘，壮烈英雄则曰，"二十年后又是一条好汉"。但是现在知道人的性命只有一条，一失足成千古恨，再回头已百年身，只有上联而无下联，岂不悲哉！固然，知道人生之不再，宗教的希求可以转变为社会运动，不求未来的永生，但求现世的善生，勇猛地冲上前去，造成恶活不如好死之精神，那也是可能的。然而在大多数凡夫却有点不同，他的结果不但不能砭顽起懦，恐怕反要使得懦夫有卧志了罢。

"此刻现在"，无论在相信唯物或是有鬼论者都是一个危险时期。除非你是在做官，你对于现时的中国一定会有好些不满或是不平。这些不满和不平积在你的心里，正如噎隔患者肚里的"痞块"一样，你如没有法子把他除掉，总有一天会断送你的性命。那么，有什么法子可以除掉这个痞块呢？我可以答说，没有好法子。假如激烈一点的人，且不要说动，单是乱叫乱嚷起来，想出出一口鸟气，那就容易有共党朋友的嫌疑，说不定会同逃兵之流一起去正了法。有鬼论者还不过白折了二十年光阴，只有一副性命的就大上其当了。忍耐着不说呢，恐怕也要变成忧郁病，倘若生在上海，迟早总跳进黄浦江里去，也不管公安局钉立的木牌说什么死得死不得。结局是一样，医好了烦闷就丢掉了性命，正如门板夹直了驼背。

那么怎么办好呢？我看，苟全性命于乱世是第一要紧，所以最好是从头就不烦闷。不过这如不是圣贤，只有做官的才能够，如上文所述，所以平常下级人民是不能仿效的。其次是有了烦闷去用方法消遣。抽大烟，讨姨太太，赌钱，住温泉场等，都是一种消遣法，但是有些很要用钱，有些很要用力，寒士没有力量去做。我想了一天才算想到了一个方法，这就是"闭户读书"。

记得在没有多少年前曾经有过一句很行时的口号，叫做"读书不忘救国"。其实这是很不容易的。西儒有言，二鸟在林不如一鸟在手，追两兔者并失之。幸而近来"青运"已经停止，救国事业有人担当，昔日辘轳体的口号今成截上的小题，专门读书，此其时矣，闭户云者，聊以形容，言其专一耳，非真辟札则不把卷，二者有必然之因果也。

但是，敢问读什么呢？经，自然，这是圣人之典，非读不可的，而且听说三民主义之源盖出于《四书》，不特维礼教，即为应考试计，亦在所必读之列，这是无可疑的了。但我所觉得重要的还是在于乙部，即是四库之史部。老实说，我虽不大有什么历史癖，却是很有点历史迷的。我始终相信《二十四史》是一部好书，他很诚恳地告诉我们过去曾如此，现在是如此，将来要如此。历史所告诉我们的在表面的确只是过去，但现在与将来也就在这里面了：正史好似人家祖先的神像，画得特别庄严点，从这上面却总还看得出子孙的面影，至于野史等更有意思，那是行乐图小照之流，更充足地保存真相，往往令观者拍案叫绝，叹遗传之神妙。正如獐头鼠目再生于十世之后一样，历史的人物亦常重现于当世的舞台，恍如夺舍重来，慑人心目，此可怖的悦乐为不知历史者所不能得者也。通历史的人如太乙真人目能见鬼，无论自称为什么，他都能知道这是谁的化身，在古卷上找得他的原形，自盘庚时代以降一一具在，其一再降凡之迹若示诸掌焉。浅学者流妄生分别，或以二十世纪，或以北伐成功，或以农军起事划分时期，以为从此是另一世界，将大有改变，与以前绝对不同，仿佛是旧人霎时死绝，新人自天落下，自地涌出，或从空桑中跳出来，完全是两种生物的样子：此正是不学之过也。

宜趁现在不甚适宜于说话做事的时候，关起门来努力读书，翻开故纸，与活人对照，死书就变成活书，可以得道，可以养生，岂不懿欤？——喔，我这些话真说得太抽象而不得要领了。但是，具体的又如何说呢？我又还缺少学问，论理还应少说闲话，多读经史才对，现在赶紧打住罢。

灯下读书论

□ 周作人

以前所做的打油诗里边，有这样的两首是说读书的，今并录于后。其辞曰：

> 饮酒损神奈损气，读书应是最相宜。圣贤已死言空在，手把遗编未忍披。

> 未必花钱逾黑饭，依然有味是青灯。偶逢一册长恩阁，把卷沉吟过二更。

这是打油诗，本来严格的计较不得。我曾说以看书代吸纸烟，那原是事实，至于茶与酒也还是使用，并未真正戒除。书价现在已经很贵，但比起土膏来当然还便宜得不少。这里稍有问题的，只是青灯之味到底是怎么样。古人诗云，青灯有味似儿时。出典是在这里了，但青灯究竟是怎么一回事呢？同类的字句有红灯，不过那是说红纱灯之流，是用红东西糊的灯，点起火来整个是红色的，青灯则并不如此，普通的说法总是指那灯火的光。苏东坡曾云，"纸窗竹屋，灯火青荧，时于此间，得少佳趣"。这样情景实在是很有意思的，大抵这灯当是读书灯，用清油注瓦盏中令满，灯芯作炷，点之光甚清寒，有青荧之意，宜于读书，消遣世虑，其次是说鬼，鬼来则灯光绿，亦甚相近也。若蜡烛的火便不相宜，又灯火亦不宜有蔽障，光须裸露，相传东坡夜读佛书，灯花落书上烧却一僧字，可知古来本亦如是也。至于用的是什么油，大概也很有关系，平常多用香油即菜子油，如用别的植物油则光色亦当有殊异，不过这些迂论现在也可以不必多谈了。总之这青灯的趣味在我们曾在菜油灯下看过书的人是颇能了解的，现今改用了电灯，自然便利得多了，可是这味道却全不相同，虽然也可以装上青蓝的磁罩，使灯光变成青色，结果总不是一样。所以青灯这字面在现代的词章里，无论是真诗或是谐诗，都要打个折扣，减去几分颜色，这是无可如何的事，好在我这里只是要说明灯右观书的趣味，那些小问题都没有什么关系，无妨暂且按下不表。

圣贤的遗编自然以孔孟的书为代表，在这上边或者可以加上老庄吧。长恩阁是大兴傅节子的书斋名，他的藏书散出，我也收得了几本，这原是很平常的事，不值得怎么吹嘘，不过这里有一点特别理由，我有的一种是两小册抄本，题曰"明季杂志"。傅氏很留心明末史事，看《华延年室题跋》两卷中所记，多是这一类书，可以知道，今此册只是随手抄录，并未成书，没有多大价值，但是我看了颇有所感。明季的事去今已三百年，并鸦片洪杨义和团诸事变观之，我辈即使不是能惧思之人，亦自不免沉吟，初虽把卷终亦掩卷，所谓过二更者乃是诗文装点语耳。那两首诗说的都是关于读书的事，虽然不是鼓吹读书乐，也总觉得消遣世虑大概以读书为最适宜，可是结果还是不大好，大有越读越懊恼之慨。盖据我多年杂览的经验，从书里看出来的结论只是这两句话，好思想写在书本上，一点儿都未实现过，坏事情在人世间全已做了，书本上记着一小部分。昔者印度贤人不惜种种布施，求得半偈，今我因此而成二偈，则所得不已多乎。至于意思或近于负的方面，既是从真实出来，亦自有理存乎其中，或当再作计较罢。

圣贤教训之无用无力，这是无可如何的事，古今中外无不如此。英国陀生在讲希腊的古代宗教与现代民俗的书中曾这样的说过：

希腊国民看到许多哲学者的升降，但总是只抓住他们世袭的宗教。柏拉图与亚利士多德，什诺与伊壁鸠鲁的学说，在希腊人民方面，正如没有这一回事一般。但是荷马与以前时代的多神教却是活着。

斯宾塞在寄给友人的信札里，也说到现代欧洲的情状：

> 宣传了爱之宗教将近二千年之后，憎之宗教还是很占势力。欧洲住着二万万的外道，假装着基督教徒，如有人愿望他们照着他们的教旨行事，反要被他们所辱骂。

上边所说是关于希腊哲学家与基督教的，都是人家的事，若是讲到孔孟与老庄，以至佛教，其实也正是一样。在二十年以前写过一篇小文，对于教训之无用深致感慨，末后这样的解说道：

> 这实在都是真的。希腊有过梭格拉底，印度有过释迦牟尼，中国有过孔子老子，他们都被尊崇为圣人，但是在现今的本国人民中间，他们可以说是等于不曾有过。我想这原是当然的，正不必代为无谓的悼叹。这些伟人倘若真是不曾存在，我们现在当不知怎么的更为寂寞，但是如今既有言行流传，足供有知识与趣味的人的欣赏，那也就尽够好了。

这里所说本是聊以解嘲的话，现今又已过了二十春秋，经历增加了不少，却是终未能就此满足，固然也未必真是床头摸索好梦似的，希望这些思想都能实现，总之在浊世中展对遗教，不知怎的很替圣贤感觉得很寂寞似的，此或者亦未免是多事，在我自己却不无珍重之意。前致废名书中曾经说及，以有此种怅惘，故对于人间世未能恝置，此虽亦是一种苦，目下却尚不忍即舍去也。

《闭户读书论》是民国十七年冬所写的文章，写的很有点别扭，不过自己觉得喜欢，因为里边主要的意思是真实的，就是现在也还是这样。这篇论是劝人读史的。要旨云：

> 我始终相信二十四史是一部好书，他很诚恳地告诉我们过去曾如此，现在是如此，将来要如此。历史所告诉我们的，在表面的确只是过去，但现在与将来也就在这里面了。正史好似人家祖先的神像，画得特别庄严点，从这上面却总还看得出子孙的面影，至于野史等更有意思，那是行乐图小照之流，更充足的保存真相，往往令观者拍案叫绝，叹遗传之神妙。

这不知道算是什么史观，叫我自己说明，此中实只有暗黑的新宿命观，想得透彻时亦可得悟，在我却还只是怅惘，即使不真至于懊恼。我们说明季的事，总令人最先想起魏忠贤客氏，想起张献忠李自成，不过那也罢了，反正那些是太监是流寇而已。使人更不能忘记的是国子监生而请以魏忠贤配享孔庙的陆万龄，东林而为阉党，又引清兵入闽的阮大铖，特别是记起《咏怀堂诗》与《百子山樵传奇》，更觉得这事的可怕。史书有如医案，历历记着症候与结果，我们看了未必找得出方剂，可以去病除根，但至少总可以自肃自戒，不要犯这种的病，再好一点或者可以从这里看出些卫生保健的方法来也说不定。我自己还说不出读史有何所得，消极的警戒，人不可化为狼，当然是其一，积极的方面也有一二，如政府不可使民不聊生，如士人不可结社，不可讲学，这后边都有过很大的不幸做实证，但是正面说来只是老生常谈，而且也就容易归入圣贤的说话一类里去，永远是空言而已。说到这里，两头的话又碰在一起，所以就算是完了，读史与读经子那么便可以一以贯之，这也是一个很好的读书方法罢。

古人劝人读书，常说他的乐趣，如《四时读书乐》所广说，读书之乐乐陶陶，至今暗诵起几句来，也还觉得有意思。此外的一派是说读书有利益，如云书中自有黄金屋，书中自有颜如玉，是升官发财主义的代表，便是唐朝做《原道》的韩文公教训儿子，也说的这一派的话，在世间势力之大可想而知。我所谈的对于这两派都够不上，如要说明一句，或者可以说是为自己的教养而读书吧。既无什么利益，也没有多大快乐，所得到的只是一点知识，而知识也就是苦，至少知识总是有点苦味的。古希伯来的传道者说：

我又专心察明智慧狂妄和愚昧，乃知这也是捕风，

因为多有智慧就多有愁烦，加增知识就加增忧伤。

这所说的话是很有道理的。但是苦与忧伤何尝不是教养之一种，就是捕风也并不是没有意思的事。我曾这样的说：

> 察明同类之狂妄和愚昧，与思索个人的老死病苦，一样是伟大的事业。虚空尽由他虚空，知道他是虚空，而又偏去追迹，去察明，那么这是很有意义的，这实在可以当得起说是伟大的捕风。

这样说来，我的读书论也还并不真是如诗的表面上所显示的那么消极。可是无论如何，寂寞总是难免的，唯有能耐寂寞者乃能率由此道耳。

民国甲申，八月二日。

释文盲

□ 钱锺书

在非文学书中找到有文章意味的妙句，正像整理旧衣服，忽然在夹袋里发现了用剩的钞票和角子；虽然是份内的东西，确有一种意外的喜悦。譬如三年前的秋天，偶尔翻翻哈德门（Nicolai Hartmann）的大作《伦理学》，看见一节奇文，略谓有一种人，不知好坏，不辨善恶，仿佛色盲者的不分青红皂白，可以说是害着价值盲的病（Wertblindheit）。当时就觉得这个比喻的巧妙新鲜，想不到今天会引到它。借伟大的哲学家（并且是德国人），来做小品随笔的开篇，当然有点大材小用，好比用高射炮来打蚊子。不过小题目若不大做，有谁来理会呢？小店、小学校开张，也想法要请当地首长参加典礼，小书出版，也要求大名人题签，正是同样的道理。

价值盲的一种象征是欠缺美感；对于文艺作品，全无欣赏能力。这种病症，我们依照色盲的例子，无妨唤作文盲。在这一点上，苏东坡完全跟我同意。东坡领贡举而李方叔考试落第，东坡赋诗相送云："与君相从非一日，笔势翩翩疑可识；平时漫说古战场，过眼终迷日五色。"你看，他早把不识文章比作不别颜色了。说来也奇，偏是把文学当作职业的人，文盲的程度似乎愈加厉害。好多文学研究者，对于诗文的美丑高低，竟毫无欣赏和鉴别。但是，我们只要放大眼界，就知道不值得少见多怪。看文学书而不懂鉴赏，恰等于帝皇时代，看守后宫，成日价在女人堆里厮混的偏偏是个太监，虽有机会，确无能力！无错不成话，非冤家不聚头，不如此怎会有人生的笑剧？

文盲这个名称太好了，我们该向民众教育家要它过来。因为认识字的人，未必不是文盲。譬如说，世界上还有比语言学家和文字学家识字更多的人么？然而有几位文字语言专家，到看文学作品时，往往不免乌烟瘴气眼前一片灰色。有一位语言学家云："文学批评全是些废话，只有一个个字的形义音韵，才有确实性。"拜聆之下，不禁想到格利佛（Gulliver）在大人国瞻仰皇后玉胸，只见汗毛孔不见皮肤的故事。假如苍蝇认得字——我想它是识字的，有《晋书·苻坚载记》为证——假如苍蝇认得字，我说，它对文学和那位语言学家相同。眼孔生得小，视界想来不会远大，看诗文只见一个个字，看人物只见一个个汗毛孔。我坦白地承认，苍蝇的宇宙观，极富于诗意：除了勃莱克（Blake）自身以外，所谓"一花一世界，一沙一天国"的胸襟，苍蝇倒是具有的。它能够在一堆肉骨头里发现了金银岛，从一撮垃圾飞到别一撮垃圾时，领略到欧亚长途航空的愉快。只要它不认为肉骨头之外无乐土，垃圾之外无五洲，我们尽管让这个小东西嗡嗡的自鸣得意。训诂音韵是顶有用、顶有趣的学问，就只怕学者们的头脑还是清朝朴学时期的遗物，以为此外更无学问，或者以为研究文学不过是文字或其它的考订。朴学者的霸道是可怕的。圣佩韦（Sainte Beuve）在《月曜论文新编》（Nouveaux Lundis）第六册里说，学会了语言，不能欣赏文学，而专做文字学的功夫，好比向小姐求爱不遂，只能找丫头来替。不幸得很，最招惹不得的是丫头，你一抬举她，她就想盖过了千金小姐。有多少丫头不想学花袭人呢？

色盲决不学绘画，文盲却有时谈文学，而且谈得还特别起劲。于是产生了印象主义的又唤作自我表现或创造的文学批评。文艺鉴赏当然离不开印象，但是印象何以就是自我表现，我们想不明白。若照常识讲，印象只能说是被鉴赏的作品的表现，不能说是鉴赏者自我的表现，只能算是作品的给予，不能算是鉴赏者的创造。印象创造派谈起文来，那才是真正热闹。大约就因为缺乏美感，所以文章做得特别花花绿绿；此中有无精神分析派所谓补偿心结，我也不敢妄断。他会怒喊，会狂呼，甚至于会一言不发，昏厥过去——这就是领略到了"无言之美"的境界。他没有分析——谁耐烦呢？他没有判断——

那太头巾气了。"灵感"呀，"纯粹"呀，"真理"呀，"人生"呀，种种名词，尽他滥用。滥用大名词，好像不惜小钱，都表示出作风的豪爽。"印象"倒也不少，有一大串陈腐到发臭的比喻。假使他做篇文章论雪莱，你在他的文章里找不出多少雪莱；你只看到一大段描写燃烧的火焰，又一大节摹状呼啸的西风，更一大堆刻划飞行自在的云雀，据说这三个不伦不类的东西就是雪莱。何以故？风不会吹熄了火，火不至于烤熟了云雀，只能算是奇迹罢。所以，你每看到句子像"他的生命简直是一首美丽的诗"，你就知道下面准跟着不甚美丽的诗的散文了。这种文艺鉴赏，称为"创造"的或"印象主义"的批评，还欠贴切。我们不妨小试点铁成金的手段，各改一字。"创造的"改为"捏造的"，取"捏"鼻头做梦和向壁虚"造"之意，至于"印象派"呢，我们当然还记得四个瞎子摸白象的故事，改为"摸象派"，你说怎样？这跟文盲更拍合了。

捏造派根本否认在文艺欣赏时，有什么价值的鉴别。配他老人家脾胃的就算好的，否则都是糟的。文盲是价值盲的一种，在这里表现得更清楚。有一位时髦贵妇对大画家威斯娄（Whistler）说："我不知道什么是好东西，我只知道我喜欢什么东西。"威斯娄鞠躬敬答："亲爱的太太，在这一点上太太所见和野兽相同。"真的，文明人类跟野蛮兽类的区别，就在人类有一个超自我（Trans-subjective）的观点。因此，他能够把是非真伪跟一己的利害分开，把善恶好丑跟一己的爱憎分开。他并不和日常生命粘合得难分难解，而尽量企图跳出自己的凡躯俗骨来批判自己。所以，他在实用应付以外，还知道有真理；在教书投稿以外，还知道有学问；在看电影明星照片以外，还知道有崇高的美术；虽然爱惜身命，也明白殉国殉道的可贵。生来是个人，终免不得做几桩傻事错事，吃不该吃的果子，爱不值得爱的东西；但是心上自有权衡，不肯颠倒是非，抹杀好坏来为自己辩护。他了解该做的事未必就是爱做的事。这种自我的分裂、知行的歧出，紧张时产出了悲剧，松散时变成了讽刺。只有禽兽是天生就知行合一的，因为它们不知道有比一己奢欲更高的理想。好容易千辛万苦，从猴子进化到人类，还要把嗜好跟价值浑而为一，变作人面兽心，真有点对不住达尔文。

痛恨文学的人，更不必说：眼中有钉，安得不盲。不过，眼睛虽出毛病，鼻子想极敏锐；因为他们常说，厌恶文人的气息。"与以足者去其角，付之翼者夺其齿"；对于造物的公平，我们只有无休息的颂赞。

读书的态度

□ 叶圣陶

读书有三种态度：一种是绝对信从的态度，凡是书上说的话就是天经地义。一种是批评的态度，用现实生活来检验，凡是对现实生活有益处的，取它，否则就不取。又一种是随随便便的态度，从书上学到些什么，用来装点自己，以便同人家谈闲天的时候可以应付，不致受人家讥笑，认为一窍不通。

顽固的人对于经书以及笼统的所谓古书，是抱第一种态度的。他们或许是故意或许是无心，自己抱了这种态度，还要诱导青年也抱这种态度。青年如果听从了他们，就把自己葬送在书里了。玩世的人认为无论什么事都只是逢场作戏，读书当然不是例外，所以抱的是第三种态度。世间惟有闲散消沉到无可奈何的人才会玩世；青年要在人生的大道上迈步前进，距离闲散消沉十万八千里，自然不会抱这种态度。青年应当抱而且必须抱的是第二种态度。要知道处理现实生活是目的，读书只是达到这个目的的许多手段之一。不要盲从"开卷有益"的成语，也不要相信"为读书而读书"的迂谈。要使书为你自己所用，不要让你自己去做书的奴隶。这点意见虽然浅薄，对于被围在闹嚷嚷的读书声中的青年却是有用的。

读　书

□ 老　舍

若是学者才准念书，我就什么也不要说了。大概书不是专为学者预备的；那么，我可要多嘴了。

从我一生下来直到如今，没人盼望我成个学者；我永远喜欢服从多数人的意见。可是我爱念书。

书的种类很多，能和我有交情的可很少。我有决定念什么的全权；自幼儿我就会逃学，楞挨板子也不肯说我爱《三字经》和《百家姓》。对，《三字经》便可以代表一类——这类书，据我看，顶好在判了无期徒刑后去念，反正活着也没多大味儿。这类书可真不少，不知道为什么；也许是犯无期徒刑罪的太多；要不然便是太少——我自己就常想杀些写这类书的人。我可是还没杀过一个，一来是因为——我才明白过来——写这样书的人敢情有好些已经死了，比如写《尚书》的那位李二哥。二来是因为现在还有些人专爱念这类书，我不便得罪人太多了。顶好，我看是不管别人，我不爱念的就不动好了。好在，我爸爸没希望我成个学者。

第二类书也与咱无缘：书上满是公式，没有一个"然而"和"所以"。据说，这类书里藏着打开宇宙秘密的小金钥匙。我倒久想明白点真理，如地是圆的之类；可是这种书别扭，它老瞪着我。书不老老实实的当本书，瞪人干吗呀？我不能受这个气！有一回，一位朋友给我一本《相对论原理》，他说：明白这个就什么都明白了。我下了决心去念这本宝贝书。读了两个"配纸"，我遇上了一个公式。我跟它"相对"了两点多钟！往后边一看，公式还多了去啦！我知道和它们"相对"下去，它们也许不在乎，我还活着不呢？

可是我对这类书，老有点敬意。这类书和第一类有些不同，我看得出。第一类书不是没法懂，而是懂了以后使我更糊涂。以我现在的理解力——比上我七岁的时候，我现在满可以作圣人了——我能明白"人之初，性本善"。明白完了，紧跟着就糊涂了；昨儿个晚上，我还挨了小女儿——玫瑰唇的小天使——一个嘴巴。我知道这个小天使性本不善，她才两岁。第二类书根本就看不懂，可是人家的纸上没印着一句废话；懂不懂的，人家不闹玄虚，它瞪我，或者我是该瞪。我的心这么一软，便把它好好放在书架上；好打好散，别太伤了和气。

这要说到第三类书了。其实这不该算一类；就这么算吧，顺嘴。这类书是这样的：名气挺大，念过的人总不肯说它坏，没念过的人老怪害羞地说将要念。譬如说《元曲》，太炎"先生"的文章，罗马的悲剧，辛克莱的小说，《大公报》——不知是哪儿出版的一本书——都算在这类里，这些书我也都拿起来过，随手便又放下了。这里还就属那本《大公报》有点劲。我不害羞，永远不说将要念。好些书的广告与威风是很大的，我只能承认那些广告作得不错，谁管它威风不威风呢。

"类"还多着呢，不便再说；有上面的三项也就足以证明我怎样的不高明了。该说读的方法。

怎样读书，在这里，是个自决的问题；我说我的，没勉强谁跟我学。第一，我读书没系统。借着什么，买着什么，遇着什么，就读什么。不懂的放下，使我糊涂的放下，没趣味的放下，不客气。我不能叫书管着我。

第二，读得很快，而不记住。书要都叫我记住，还要书干吗？书应该记住自己。对我，最讨厌的发问是："那个典故是哪儿的呢？""那句话是怎么来着？"我永不回答这样的考问，即使我记得。我又不是印刷机器养的，管你这一套！

读得快，因为我有时候跳过几页去。不合我的意，我就练习跳远。书要是不服气的话，来跳我呀！看侦探小说的时候，我先看最后的几页，省事。

第三，读完一本书，没有批评，谁也不告诉。一告诉就糟："嘿，你读《啼笑因缘》？"要大家都不读《啼笑因缘》，人家写它干吗呢？一批评就糟："尊家这点意见？"我不惹气。读完一本书再打通儿架，不上算。我有我的爱与不爱，存在我自己心里。我爱念什么就念，有什么心得我自己知道，这是种享受，虽然显得自私一点。

再说呢，我读书似乎只要求一点灵感。"印象甚佳"便是好书，我没工夫去细细分析它，所以根本便不能批评。"印象甚佳"有时候并不是全书的，而是书中的一段最入我的味；因为这一段使我对这全书有了好感；其实这一段的美或者正足以破坏了全体的美，但是我不去管；有一段叫我喜欢两天的，我就感谢不尽。因此，设若我真去批评，大概是高明不了。

第四，我不读自己的书，不愿谈论自己的书。"儿子是自己的好"，我还不晓得，因为自己还没有过儿子。有个小女儿，女儿能不能代表儿子，就不得而知。"老婆是别人的好"，我也不敢加以拥护，特别是在家里。但是我准知道，书是别人的好。别人的书自然未必都好，可是至少给我一点我不知道的东西。自己的，一提都头疼！自己的书，和自己的运气，好像永远是一对儿累赘。

第五，哼，算了吧。

选择与鉴别

□ 老　舍

　　吃东西要有选择：吃有营养的，不吃有毒的。

　　对精神食粮也必需选择：好书，开卷有益；坏书，开卷有害，可能有很大的害。

　　在旧社会里，有些人以编写坏书或贩卖坏书为职业。有不少青年受了骗，因为看坏书而损害了身体，或道德败落，变成坏人。今天，我们还该随时警惕，不要随便抓起一本书就看，那会误中毒害。至于故意去找残余的坏书阅读，简直是自暴自弃的表现，今日的青年一定知道不该这么作。

　　特别应当注意选择文艺作品。有的人管小说什么的叫作闲书，并且以为随便看看闲书不会有什么害处。这不对。"闲书"

可能有很大的危害。旧日的坏书多数是利用小说等文学形式写成的，只为生意兴隆，不管害人多少。我们千万不可上当。

俗话说：老不读《三国》，少不看《水浒》。这并不是说《三国》与《水浒》不好，而是说它们有很强的感染力，能够左右读者的思想感情，去摹仿书中人物。确是这样：一部好小说会使读者志气昂扬，力争上游；一部坏小说会使读者志气消沉，腐化堕落。留点神吧，别采取看闲书的态度，信手拾来，随便消遣。看坏书如同吸鸦片烟，会使人上瘾，越吸越爱吸，也就受毒越深。

还有一种书，荒诞无稽，也足以使人——特别是青年与少年，异想天开，作出荒唐的事来。如剑侠小说。我们从前不是听说过么：十四五岁的中学生因读剑侠小说而逃出学校，到深山古洞去访什么老祖或圣母，学习飞剑杀人，呼风唤雨等等本领。结果呢，既荒废了学业，也没找到什么老祖或圣母——世界上从来没有过什么老祖和圣母啊！使人不务正业，而去求仙修道，难道不是害处么？

怎么选择呢？不需要开一张书目，这么办就行：要看，就先看当代的好作品。我们的确有许多好小说，好剧本，好诗集，好文学刊物，好革命回忆录……。为什么不看这些，而单找些无聊的东西浪费时光，或有害的东西自寻苦恼呢？生活在今天，就应当关心今天的国家建设与革命事业的大事，而我们这几年出版的好作品恰好是反映这些的。它们既足以使我们受到鼓舞，争取进步，又能获得艺术上的享受，有多么好呢！

或者有人说：新的作品读起来费力，不如某些剑侠小说、言情小说、公案小说等等那么简单省劲儿。首先就该矫正这个看法。在我自己的少年时期，最先接触到的就是《施公案》一类的小说。到二十岁左右，我才看到新小说。读了几本新小说之后，再拿起《施公案》来看，便看不下去了。从内容上说，新小说里所反映的正是我迫切要知道的，《施公案》没有这样的亲切。从文笔上说，新小说中有许多是艺术作品，而《施公案》没有这样的水平。新小说唤醒我对社会的关切，提高了我的文艺欣赏力。我没法子再喜爱《施公案》。后来，我自己也学习写小说，走的是新小说的路子，不是《施公案》的路子。不怕不识货，就怕货比货。比一比就知道谁高谁低了。我相信，谁都一样：念过几本新作品，就会放弃了《施公案》。

一个研究文学的人，自然要广为阅览，以便分析比较。但是，这是专家的工作，一般人不宜借口要博阅广见而一视同仁，不辨好坏，抓住什么读什么。

现代题材的作品读了不少以后，再去看古典作品，就比较妥当。因为，若是一开始就读古典作品，心中没有底，不会鉴别，往往就容易发生误解，以为古典作品中的英雄人物，不管是十八世纪的，还是十九世纪的，都是模范，值得效仿。这一定会出毛病。不论多么伟大的作家也没有一眼看到几百年后的本领。他的成功是塑造了他的时代的典型人物。但这只是那个时代的典型人物，并不足以典范千古。即使这个人物是正面的人物，是好人，他也必然带着他那个时代必不可免的缺点，不应该也不可能成为我们的模范。是呀，一个十八世纪的人怎会能够成为社会主义建设者呢？正面人物尚且如此，何况那反面人物呢？

阅读古典作品而受到感动是当然的，这正好证明古典作品之所以为古典作品，具有不朽的价值。但是，因受感动而去摹仿书中人物的行为就是另一回事了。这证明读者没有鉴别的能力，糊糊涂涂地作了古代作品的俘虏。

我们能够从古典的杰作了解到某一个历史时期的男女是怎么生活着的，明白一些他们的思想感情，志愿与理想，遭遇与成败。小说等文艺作品虽然不是历史，却足以帮助我们明白些历史的发展，使我们通达，因而也就更爱我们自己的时代与社会。我们的社会制度是最进步的制度，我们的社会现实曾经是多少前哲的理想。以古比今，我们感到幸福，从而意气风发，去建设我们的社会主义。我们读过的现代好作品帮助我们认清我们的社会，鼓舞我们努力建设社会主义的雄心壮志。有了这个底子，再看古典作品，我们就有了鉴别力，叫古为今用，不叫今为古用，去作古书的俘虏。假若我们看了《红楼梦》，而不可怜那悲剧中的贾宝玉与林黛玉，不觉得我们自己是多么幸福，反倒去羡慕"大观园"中的腐烂生活，就是既没有了解《红楼梦》，也忘了自己是什么时代的人。这不仅荒唐可笑，而且会使个人消沉或堕落，使个人在社会主义建设工作上受到损失。这个害处可真不小！历史是向前进的，人也得往前走，不应后退！假若今天我们自己要写一部新《红楼梦》，大概谁也会想得到，我们必然是去描写某工厂或某人民公社的青年男女怎样千方百计地增产节约，怎样忘我地劳动，个个奋勇争先，为集体的事业去争取红旗。我们的《红楼梦》里的生活是健康的，愉快的，民主的，创造的，不会有以泪洗面的林黛玉，也不会有"大观园"中的一切乱七八糟。假若不幸有个林黛玉型的姑娘出现，我们必然会热诚地帮助她，叫她坚强起来，积极地从事生产，不再动不动地就掉眼泪。假若她是因读老《红楼梦》而学会多愁善病的，我们就会劝她读读《刘胡兰》，看看新电影，叫她先认清现代青年的责任是什么，切莫糊糊涂涂地糟蹋了自己。有选择就不至于浪费时间或遭受毒害。

有鉴别就不会认错了时代，盲目崇拜古书，错误地摹仿前人，使自己不向前进，而往后退。

在这里，我主要地谈到文艺作品，因为阅读文艺作品而不加选择与鉴别，最容易使人受害。我并没有验看别种著作，说别种著作不需要选择与鉴别的意思，请勿误会。

烧书记

□ 郑振铎

我们的历史上，有了好几次的大规模的"烧书"之举。秦始皇帝统一六国后，便来了一次烧书。"史官非《秦纪》，皆烧之。非博士官所职，天下敢有藏《诗》《书》百家语者，悉诣守尉杂烧之。有敢偶语《诗》《书》者弃市。以古非今者族。吏见知不举者与同罪。令下三十日，不烧，黥为城旦。所不去者，医药卜筮种树之书，若欲有学法令，以吏为师。"这是最彻底的烧书，最彻底的愚民之计，和一般殖民地政府，不设立大学而只开设些职业、工艺学校者，有异曲同工之妙。此后，烧书的事，无代无之。有的烧历史文献，以泯篡夺之迹；有的烧佛教、道教的书，以谋宗教上的统一，有的烧淫秽的书，以维持道德的纯洁。近三百年，则有清代诸帝的大举烧书。我们读了好几本的所谓"全毁""抽毁"书目，不禁凛然生畏；至今尚觉得在异族铁蹄下的文化生活的如何窒塞难堪！

"八一三"后，古书、新书之被毁于兵火之劫者多矣。就我个人而论，我寄藏于虹口开明书店里的一百多箱古书，就在八月十四日那一天被烧，烧得片纸不存。我看见东边的天空，有紫黑色的烟云在突突的向上升，升得很高很高，然后随风而四散，随风而淡薄，被烧的东西的焦渣，到处的飘坠。其中就有许多有字迹的焦纸片。我曾经在天井里拾到好几张，一触手便粉碎，但还可以辨识得出些字迹，大约是教科书之类居多。我想，我的书能否捡得到一二张烧焦了的呢？——那时，我已经知道开明书店被烧的情形——当然，这想头是很可笑的。就捡得到了又有什么意义，还不是徒增怵惕与愤激么？

这是兵火之劫；未被劫的还安全的被保存着。所遭劫的还只是些不幸的一二隅之地。但到了"一二八"敌兵占领了旧租界后，那情形却大是不同了。

我们听到要按家搜查的消息，听到为了一二本书报而逮捕人的消息，还听到无数的可怖的怪事，奇事，惨事。

许多人心里都很着急起来，特别是有"书"的人家。他们怕因"书"惹祸，却又舍不得割爱，又不敢卖出去——卖出去也没有人敢要。有好几个友人，天天对书发愁。

"这部书会有问题么？"

"这个杂志留下来不要紧么？"

"到底是什么该留的，什么不该留的？"

"被搜到了，有什么麻烦没有？"

个个人在互相的询问着，打听着。但有谁能够说明哪几部书是有问题的，或哪些东西是可留的呢？

我那时正忙于烧毁往来有关的信件，有关的记载，和许多报纸、杂志及抗日的书籍——连地图也在内。

我硬了心肠在烧。自己在壁炉里生了火，一包包，一本本，撕碎了，扔进去，眼看它们烧成了灰，一蓬蓬的黑烟从烟道里冒出来，烧焦了的纸片，飞扬到四邻，连天井里也有了不少。

心头像什么梗塞着，说不出的难过。但为了特殊的原因，我不能不如此小心。

连秋白送给我的签了名的几部俄文书，我也不能不把它们送进壁炉里去。

我觉得自己实在太残忍了！我眼圈红了不止一次，有泪水在落。是被烟熏的罢？

实在舍不得烧的许多书，却也不能不烧。踌躇又踌躇，选择又选择，有的头一天留下了，到了第二三天又狠了心把它们烧了。有的，已经烧了，心里却还在惋惜着，觉得很懊悔，不该把它们烧去。

但有了第一次淞沪战争时虹口、闸北一带的经验——有《征倭论》一类的书而被杀，被捉的人不少——自然不能不小心。对于发了狂的兽类，有什么理可讲呢！

整整的烧了三天。我翻箱倒箧的搜查着，捧了出来，动员孩子们在撕在烧。

"爸爸，这本书很好玩，留下来给我罢。"孩子们在恳求着。

我难过极了！我也何尝不想留下来呢？但只好摇摇头，说道："烧了罢，下回去买好一点的画给你。"

在这时候，就有好些住在附近的朋友们在问，什么书该烧，什么书不必烧。

我没法回答他们，领了他们到壁炉边去。

"你自己看吧。我在烧着呢。但我的情形不同。你自己斟酌着办罢。"

这一场烧书的大劫，想起来还有余栗与余憾。

不烧，不是至今还无恙么？

佃谁能料得到呢？

把它们设法寄藏到别的地方去罢。

但为什么要"移祸"呢？这是我所绝对不肯做的事。

这是我不能不狠心动手烧的一个原因。

但也实在有些人把自认为"不安全"的书寄藏到别人家里去的。

这还是出于自动的烧。究竟自动烧书的人还不多。大量的"违碍"的书报还储藏在许多人家里。有许多人不肯烧，不想烧，也有人不知道烧，甚至有人压根儿没有想到这件事。

过了不久，敌人的文化统治的手腕加强了。他们通过了保甲的组织，挨户按家的通知，说：凡有关抗日的书籍、杂志、日报等等，必须在某天以前，自动烧毁或呈缴出来。否则严惩不贷。

同时，在各书店，各图书馆，搜查抗日书报，一车车的载运而去，不知运向何方，也不知它们的运命如何。

这一次烧书的规模大极了！差不多没有一家不在忙着烧书的。他们不耐烦呈缴出去，只有出于烧之一途。最近若干年来的报纸、杂志遭劫最甚。有许多人索性把报纸、杂志全都烧毁了，免得惹起什么麻烦。

外间谣传说，连包东西的报纸，上面有了什么抗日的记载，也要追究、捕捉的。

因之，旧报纸连包东西的资格也被取消了。

最可怜的是，有的朋友已经到了内地去，他们的书籍还藏在家里，或寄存在某友处。家里的人到处打听，问要紧不要紧，甚至去问保甲处的人。他们当然说要紧的，甚至还加上些恫吓的话。

于是，不分青红皂白的，他们把什么书全都付之一炬；只要是有字的，无不投到了火炉里去。

记得清初三令五申的搜求"禁书"的时候，有些藏书家的后人，为了省得惹祸，也是将全部古书整批的烧了去。

这个书劫，实在比兵，比火，比水等等大劫更大得多，更普遍而深入得多了！

这样纷扰了近一个多月，始终不曾见敌伪方面有什么正式的文告。又有人说，这是出于误会，日本人方面并没有这个意思。

于是烧书的火渐渐的又灭了，冷了，终至不再有人提起这件事。

不烧的人，忘了烧的人，特地要小心保存这类抗日文献的人，当然也有。

许多抗日文献还保存得不少。像《文汇年刊》之类，我家里便还保存着，忘记了烧。

书如何能烧得尽呢？"野火烧不尽，春风吹又生。"以烧书为统治的手法，徒见其心劳日拙而已。

但愿这种书劫，以后不再有！

学外语的窍门

□ 季羡林

一

现在全国正弥漫着学外语的风气，学习的主要是英语，而这个选择是完全正确的。因为英语实际上已经成了一种世界语。学会了英语，几乎可以走遍天下，碰不到语言不通的困难。水平差的，有时要辅之以一点手势。那也无伤大雅，语言的作用就在于沟通思想。在一般生活中，思想决不会太复杂的。懂一点外语，即使有点洋泾浜，也无大碍，只要"老内"和"老外"的思想能够沟通，也就行了。

学外语难不难呢？有什么捷径呢？俗话说："天下无难事，只怕有心人。"所谓"有心人"，我理解，就是有志向去学习又肯动脑筋的人。高卧不起，等天上落下馅儿饼来的人是绝对学不好外语的，别的东西也不会学好的。

至于"捷径"问题，我想先引欧洲古代大几何学家欧几里德（也许是另一个人。年老昏聩，没有把握）对国王说的话："几何学里面没有御道！""御道"，就是皇帝走的道路。学外语也没有捷径，人人平等，都要付出劳动。市场卖的这种学习法、那种学习法，多不可信。什么方法也离不开个人的努力和勤奋。这些话都是老生常谈，但是，说一说决不会有坏处。

根据我个人经验，学外语学到百分之五六十，甚至七八十，也并不十分难。但是，我们不学则已，要学就要学到百分之九十以上，越高越好。不到这个水平你的外语是没有用的，甚至会出漏子的。我这样说，同上面讲的并不矛盾。上面讲的只是沟通简单的思想，这里讲的却是治学、译书、做重要口译工作。现在市面上出售为数不太少的译本，错误百出，译文离奇。这些都是一些急功近利、水平极低而又懒得连字典都不肯查的译者所为。说句不好听的话，这些都是假冒伪劣的产品，应该归入严打之列的。

我常有一个比喻：我们这些学习外语的人，好像是一群鲤鱼，在外语的龙门下泆游。有天资肯努力的鲤鱼，经过艰苦的努力，认真钻研，锲而不舍，一不要花招，二不找捷径，有朝一日风雷动，一跳跳过了龙门，从此变成了一条外语的龙，他就成了外语的主人，外语就为他所用。如果不这样做的话，则在龙门下游来游去，不肯努力，不肯钻研，就是游上一百年，他仍然是一条鲤鱼。如果是一条安分守己的鲤鱼，则还不至于害人。如果不安分守己，则必然堕入假冒伪劣之列，害人又害己。

做人要老实，学外语也要老实。学外语没有什么万能的窍门。俗语说："书山有路勤为径，学海无涯苦作舟。"这就是窍门。

二

前不久，我写过一篇《学外语》，限于篇幅，意犹未尽，现在再补充几点。

学外语与教外语有关，也就是与教学法有关，而据我所知，外语教学法国与国之间是不相同的，仅以中国与德国对比，其悬殊立见。中国是慢吞吞地循序渐进，学了好久，还不让学生自己动手查字典、读原著。而在德国，则正相反。据说19世纪一位大语言学家说过："学外语有如学游泳，把学生带到游泳池旁，一一推下水去；只要淹不死，游泳就学会了，而淹死的事是绝无仅有的。"我学俄文时，教师只教我念了念字母，教了点名词变化和动词变化，立即让我们读果戈里的《鼻子》，天天拼命查字典，苦不堪言。然而学生的主动性完全调动起来了。一个学期，就念完了《鼻子》和一本教科书。实践是检验真理的唯一标准，德国的实践证明，这样做是有成效的。在那场空前的灾难中，当我被戴上种种莫须有的帽子时，有的"革命小将"批判我提倡的这种教学法是法西斯式的方法，使我欲哭无泪，欲笑不能。

我还想根据我的经验和观察在这里提个醒：那些已经跳过了外语龙门的学者们是否就可以一劳永逸地吃自己的老本呢？我认为，这吃老本的思想是非常危险的。一个简单的事实往往为人们所忽略，世界上万事万物无不在随时变化，语言何独不然！一个外语学者，即使已经十分纯熟地掌握了一门外语，倘若不随时追踪这一门外语的变化，有朝一日，他必然会发现自己已经落伍了，连自己的母语也不例外。一个人在外国呆久了，一旦回到故乡，即使自己"乡音未改"，然而故乡的语言，特别是词汇却有了变化，有时你会听不懂了。

我讲点个人的经验。当我在欧洲呆了将近十一年回国时，途经西贡和香港，从华侨和华人口中听到了"搞"这个字和"伤脑筋"这个词儿，就极使我"伤脑筋"。我出国之前没有听说过。"搞"字是一个极有用的字，有点像英文的 do。现在搞字已满天飞了。当我在 80 年代重访德国时，走进了饭馆，按照四五十年前的老习惯，呼服务员为 Hever ofer，他瞠目以对。原来这种称呼早已被废掉了。

因此，我就想到，不管你今天外语多么好，不管你是一条多么精明的龙，你必须随时注意语言的变化，否则就会出笑话。中国古人说："学如逆水行舟，不进则退。"要时刻记住这

学外语的窍门

087

句话。我还想建议：今天在大学或中学教外语的老师，最好是每隔五年就出国进修半年，这样才不至为时代抛在后面。

三

前不久，我在《夜光杯》上发表了两篇谈学习外语的千字文，谈了点个人的体会，卑之无甚高论，不意竟得了一些反响。有的读者直接写信给《夜光杯》的编辑。看来非再写一篇不行了。我不可能在一篇短文中答复所有的意见，这意见带有点普遍意义，所以仍占《夜光杯》的篇幅。

我在上述两篇千字文中提出的意见，归纳起来，不出以下诸端：第一，要尽快接触原文，不要让语法缠住手脚，语法在接触原文过程中逐步深化。第二，天资与勤奋都需要，而后者占绝大的比重。第三，不要妄想捷径，外语中没有"御道"。

学习了英语再学第二外语德语，应该说是比较容易的。英语和德语同一语言系属，语法前者表面上简单，熟练掌握颇难；后者变化复杂，特别是名词的阴、阳、中三性，记得极为麻烦，连本国人都头痛。背单词时，要连同词性 der、die、das 一起背，不能像英文那样只背单词。发音则英文极难，英文字典必须使用国际音标。德文则一字一音，用不着国际音标。

学习方法仍然是我讲的那一套：尽快接触原文，不惮勤查字典，懒人是学不好任何外语的，连本国语也不会学好。胡英琼同志的具体情况和具体要求，我完全不清楚。信中只谈到德文科技资料，大概胡同志目前是想集中精力攻克这个难关。

我想斗胆提出一个"无师自通"的办法，供读者参考。你只需要找一位通德语的人，用上二三个小时，把字母读音学好。从此你就可以丢掉老师这个拐棍，自己行走了。你找一本有可靠的汉文译文的德文科技图书，伴之以一本浅易的德文语法。先把语法了解个大概的情况，不必太深入，就立即读德文原文，字典反正不能离手，语法也放在手边。一开始必然如堕入五里雾中。读不懂，再读，也许不止一遍两遍。等到你认为对原文已经有了一个大概的了解，为了验证自己了解的正确程度，只是到了此时，才把那一本可靠的译本拿过来，看看自己了解得究竟如何。就这样一页页读下去，一本原文读完了，再加以努力，你慢慢就能够读没有汉译本的德文原文了。

科技名词，英德颇有相似之处，记起来并不难，而且一般说来，科技书的语法都极严格而规范，不像文学作品那样不可捉摸。我为什么再三说"可靠的"译本呢？原因极简单，现在不可靠的译本太多太多了。

藏书与读书

□ 季羡林

有一个平凡的真理，直到耄耋之年，我才顿悟：中国是世界上最喜藏书和读书的国家。

什么叫书？我没有能力，也不愿意去下定义。我们姑且从孔老夫子谈起吧。他老人家读《易》，至于韦编三绝，可见用力之勤。当时还没有纸，文章是用漆写在竹简上面的，竹简用皮条拴起来，就成了书。翻起来很不方便，读起来也有困难。我国古时有一句话，叫做"学富五车"，说一个人肚子里有五车书，可见学问之大。这指的是用纸做成的书，如果是竹简，则五车也装不了多少部书。

后来发明了纸。这一来写书方便多了；但是还没有发明印刷术，藏书和读书都要用手抄，这当然也不容易。如果一个人抄的话，一辈子也抄不了多少书。可是这丝毫也阻挡不住藏书和读书者的热情。我们古籍中不知有多少藏书和读书的故事，也可以叫做佳话。我们浩如烟海的古籍，以及古籍中所寄托的文化之所以能够流传下来，历千年而不衰，我们不能不感谢这些爱藏书和读书的先民。

后来我们又发明了印刷术。有了纸，又能印刷，书籍流传方便多了。从这时起，古籍中关于藏书和读书的佳话，更多了起来。宋版、元版、明版的书籍被视为珍品。历代都有一些藏书家，什么绛云楼、天一阁、铁琴铜剑楼、海源阁等等，说也说不完。有的已经消失，有的至今仍在，为我们新社会的建设服务。我们不能不感激这些藏书的祖先。

至于专门读书的人，历代记载更多。也还有一些关于读书的佳话，什么"囊萤映雪"之类。有人做过试验，无论萤和雪都不能亮到让人能读书的程度，然而在这一则佳话中所蕴含的鼓励人们读书的热情则是大家都能感觉到的。还有一些鼓励人读书的话和描绘读书乐趣的诗句。"书中自有颜如玉"之类的话，是大家都熟悉的，说这种话的人的"活思想"是非常不高明的，不会得到大多数人的赞赏。关于"四时读书乐"一类的诗，也是大家所熟悉的。可惜我童而习之，至今老朽昏聩，只记住了一句"绿满窗前草不除"，这样的读书情趣也是颇能令人向往的，此外如"红袖添香夜读书"之类的读书情趣，代表另一种趣味。据鲁迅先生说，连大学问家刘半农也向往，可见确有动人之处了。"雪夜闭门读禁书"代表的情趣又自不同，又是"雪夜"，又是"闭门"，又是"禁书"，不是也颇有人向往吗？

这样藏书和读书的风气，其他国家不能说一点没有；但是据浅见所及，实在是远远不能同我国相比。因此我才悟出了"中国是世界上最爱藏书和读书的国家"这一条简明而意义深远的真理。中国古代光辉灿烂的文化有极大一部分是通过书籍传流下来的。到了今天，我们全体炎黄子孙如何对待这个问题，实际上是每个人都回避不掉的。我们必须认真继承这个在世界上比较突出的优秀传统，要读书，读好书。只有这样，我们才能上无愧于先民，下造福于子孙万代。

我和书

□ 季羡林

古今中外都有一些爱书如命的人。我愿意加入这一行列。

书能给人以知识，给人以智慧，给人以快乐，给人以希望。但也能给人带来麻烦，带来灾难。在"大革文化命"的年代里，我就以收藏封资修大洋古书籍的罪名挨过批斗。1976年地震的时候，也有人警告我，我坐拥书城，夜里万一有什么情况，书城将会封锁我的出路。

批斗对我已成过眼云烟，那种万一的情况也没有发生，我"死不改悔"，爱书如故，至今藏书已经发展到填满了几间房子。除自己购买以外，赠送的书籍越来越多。我究竟有多少书，自己也说不清楚。比较起来，大概是相当多的。搞抗震加固的一位工人师傅就曾多次对我说：这样多的书，他过去没有见过。学校领导额外对我加以照顾，我如今已经有了几间真正的书窝，那种卧室、书斋、会客室三位一体的情况，那种"初极狭，才通人"的桃花源的情况，已经成为历史陈迹了。

有的年轻人看到我的书，瞪大了吃惊的眼睛问我："这些书你都看过吗？"我坦白承认，我只看过极少极少的一点。"那么，你要这么多书干嘛呢？"这确实是难以回答的问题。我没有研究过藏书心理学，三言两语，我说不清楚。我相信，古今中外爱书如命者也不一定都能说清楚。即使说出原因来，恐怕也是五花八门的吧。

真正进行科学研究，我自己的书是远远不够的。也许我搞的这一行有点怪。我还没有发现全国任何图书馆能满足，哪怕是最低限度地满足我的需要。有的题目有时候由于缺书，进行不下去，只好让它搁浅。我抽屉里面就积压着不少这样的搁浅的稿子。我有时候对朋友们开玩笑说："搞我们这一行，要想有一个满意的图书室简直比搞四化还要难。全国国民收入翻两番的时候，我们也未必真能翻身。"这决非耸人听闻之谈，事实正是这样。同我搞的这一行有类似困难的，全国还有不少。这都怪我们过去底子太薄，解放后虽然做了不少工作，但是一时积重难返。我现在只有寄希望于未来，发呼吁于同行。我们大家共同努力，日积月累，将来总有一天会彻底改变目前情况的。古人说："前人种树，后人乘凉。"让我们大家都来当种树人吧。

我之于书

□ 夏丏尊

二十年来，我生活费中至少十分之一二是消耗在书上的。我的房子里比较贵重的东西就是书。

我一向没有对于任何问题作高深研究的野心，因之所买的书范围较广，宗教，艺术，文学，社会，哲学，历史，生物，各方面差不多都有一点。最多的是各国文学名著的译本，与本国古来的诗文集，别的门类只是些概论等类的入门书而已。

我不喜欢向别人或图书馆借书。借来的书，在我好像过不来瘾似的，必要是自己买的才满足。这也可谓是一种占有的欲望。买到了几册新书，一册一册地加盖藏书印记，我最感到快悦的是这时候。

书籍到了我的手里，我的习惯是先看序文，次看目录。页数不多的往往立刻通读，篇幅大的，只把正文任择一二章节略加翻阅，就插在书架上。除小说外，我少有全体读完的大部的书，只凭了购入当时的记忆，知道某册书是何种性质，其中大概有些什么可取的材料而已。什么书在什么时候再去读再去翻，连我自己也无把握，完全要看一个时期的兴趣。关于这事，我常自比为古时的皇帝，而把插在架上的书譬诸列屋而居的宫女。

我虽爱买书，而对于书却不甚爱惜。读书的时候，常在书上把我所认为要紧的处所标出。线装书大概用笔加圈，洋装书竟用红铅笔划粗粗的线。经我看过的书，统体干净的很少。

据说，任何爱吃糖果的人，只要叫他到糖果铺中去做事，见了糖果就会生厌。自我入书店以后，对于书的贪念也已消除了不少了，可是仍不免要故态复萌，想买这种，想买那种。这大概因为糖果要用嘴去吃，摆存毫无意义，而书则可以买了不看，任其只管插在架上的缘故吧。

读书百宜录

□ 张恨水

　　读书有时，亦须有地。善读书者，则觉一切声色货好之处，无不可于书中得之也。试作读书百宜。

　　秋窗日午，小院无人，抱膝独坐，聊嫌枯寂，宜读庄子《秋水篇》。

　　菊花满前，案有旨酒，开怀爽饮，了无尘念，宜读陶渊明诗。

　　黄昏日落，负手庭除。得此余暇，绮怀万动，宜读《花间》诸集。

　　大雪漫天，炉灯小坐，人缩如猬，豪气欲销，宜读《水浒传》林冲走雪一篇。

偶然失意，颇感懊恼，徘徊斗室，若有所悟，即宜拂几焚香，静坐稍息，徐读《楞严经》。

银灯灿烂，画阁春温，细君含睇，穿针夜话，宜高声朗诵，为伊读《西厢记》。

月明如画，清霜行天，秋夜迢迢，良多客感。宣读盛唐诸子一唱三叹之诗。

蔷薇架下，蜂蝶乱飞，正在青春，谁能不醉，宜细读《红楼梦》。

冗于琐务，数日不暇，摆脱归来，俗尘满襟。宜读《史记·项羽本纪》及《游侠列传》。

淡日临窗，茶烟绕案，瓶花未谢，尚有余香，宜读六朝小品。

题曰百宜，不能真个列举百宜。必欲举之，未免搜索枯坐，然而枯则无味矣。敬作抛砖之引，以求美玉之来。

书的故事

□ 黄　裳

从小就喜欢书，也从很小起就开始买书。对于书的兴趣多少年来一直不曾衰退过。可是六年前的一天，身边的书突然一下子失了踪，终于弄到荡然无存的地步了。当时的心情今天回想起来也是很有趣的。好像一个极大极沉重的包袱，突然从身上卸了下来，空虚是感到有些空虚的，不过像从前某藏书家卖掉宋版书后那种有如李后主"挥泪对宫娥"似的感情倒也并未发生过。我想，自己远远不及古人的淳朴，那自然不必说；就连自己是否真的喜欢书，似乎也大可怀疑了。

最近，这些失了踪的书开始一本本又陆续回到我的手中，同时还发给我一本厚厚的材料，是当年抄去的书的部分草目。

要我写出几份清单来，然后才能一本本地找出、发还。这可是个艰巨的任务。面对厚厚一本残乱、错讹的草目，灯下独坐，慢慢翻阅，真是感慨万千。每一本书的名目，都会引起我一些回忆，述说一个故事。它们是在什么时候，什么地方，经历了怎样的周折才到了我的手中。自己曾经从中得到过怎样的知识，据以写过什么文字，获得过怎样的悦乐，……这样的故事，如果一一回忆，写下，那将是另外一本厚厚的有趣的书。当然，有趣也只是我自己觉得有趣，在旁人看来到底怎样，那可一点都没有把握。

如果说多年来从买书中间曾经有过一些经验的话，自然也可以这么说。这种"经验'，是否对今天的读者还有什么用处，倒是值得考虑的。如果只是搬出一些"掌故""趣闻"，虽然也多少会有些资料价值，但到底过于无聊了。今天书店里已经很难看到线装书，如果按照这些"经验"企图加以实践，那也不免是笑话。因此，我不打算写什么"书林清话"之类的东西。此外，我开始买书时，本来是以搜求"五四"以来新文学书为目标的，不过后来不知怎样一来，兴趣转向线装旧书方面去了。旧有的一些新文学书的"善本"也陆续送给了与我有同好的朋友。因此这里所谈的大抵以买线装书的"经验"为主。

说起"经验"，其实也是平凡无奇的，甚至有些可笑……也说不定。我首先想说的第一条"经验"是，如果希望买到好书，在过去，只有肯出善价才是唯一的办法，其他种种门径，说来说去都是无效的。

如果说这也算是"经验"，在有的朋友看来，是不免过于可笑而且沾染了浓重的铜臭气味了。这样的话，就连过去以附庸风雅为要旨的达官大贾也不肯说出来的。然而它却是实在的，没有法子想。

我过去曾经一直不肯相信这一条，而且事实上也无法照办，因为我毕竟不是达官、大贾。我倒是一直跑小铺，逛冷摊，总希望能有好运气，会遇见什么宝贝。不过实践的结果是，巡阅书摊二十年，好像只买到过一册较中意的书。那是王国维的诗集《壬癸集》，薄薄一本，开本却很大，用的是日本皮纸。这是王国维住在日本时用古江州木活字所印。书中有墨笔小楷校字，是王观堂的亲笔。估计这书是他送给况蕙风的，因为卷中有蕙风的儿子又韩的印记。不知怎样流落在地摊上了。除了这本书以外，好像就不曾从摊上买到另外什么好书过。

事实上所有比较好的书，毫无例外，都只能从书店里得来。有一次我在一家书店里看到一部张宗子（岱）的手稿《史阙》以及康熙原刻的《西湖梦寻》，不禁为之激动了。书店主人告诉我这些书是从浙东山中收来的，是张氏家传之物。说得也真历历如绘。没有办法，只好预支稿费，多方设法，终于买到手中。等我捧着书又路过书店前街的书摊时，才知道这些书原来就睡在这里的地上。是被书店发现了买去的。什么浙东山中云云，原来不过是书店老板创作的美丽的故事。

这件事给我颇深的印象与教育，从此逛地摊时就再也没有了过去的那种好兴致。

我还有一次难忘的经验，是买到了崇祯刻的《吴骚合编》。这书按照今天的标准，是要列入"善本"书目的，但实在也算不得什么孤本秘笈。少具规模的图书馆大抵都是有的。不过我所遇到的一部却不是平常的东西。这是最初印的本子，项南洲、洪国良这些徽派名手的木刻插图，真是锋棱毕现，飘举的衣袂的线条，人物眉眼的细部刻画都清晰生动，和画本几乎没有区别，那张棉纸蓝印的封面，附有朱印牌记，起着三百年前出版广告以及版权叶作用的扉叶也完好地保存着。这种印本，是连"四部丛刊续编"的底本也是望尘莫及的。看书上的藏印，知道是九峰旧庐王氏的旧藏。当年此书从杭州出现，郑振铎曾与王绥珊争购。最后结果不问可知，教授当然不是盐商的对手。为了此书，我除了付出一笔现款，还贴上装了两部三轮车的线装书，这中间不少是明刻和清初刻本。这件事很快就为书店中人哄传，认为我是干了一件"蠢事"，也算是一桩"豪举"。这以后他们有了好书就总希望让我看到，虽然那结果是看得很多而买得甚少，但为我提供了极好的学习机会，却是不容抹煞的。

这两个小故事都发生在解放前后那段日子里。当时，书坊的景况很不好，几乎连维持都困难。旧书又大量从乡下、城镇流出，最大的出路是进入还魂纸厂。一个常到浙东收书的老店员一次向我叹气，说他在某地看到一大批旧书被当做爆竹的原料．其中很有不少明版的白棉纸书，还有一部初印的朱竹垞的《曝书亭集》。他想买了新的纸张向爆竹作坊换下这些旧书，结果被拒绝了。理由是新的"洋纸"在质量上远远赶不上旧的棉纸、竹纸，做起爆竹来卷不紧也没有韧性，放起来也不响。

我又听到一家书店的店主说起，从上海城里一个旧人家称出了一大批旧书，都已捆好堆在旧纸店里了，第二天就要送到造纸厂去。我就要求他去选一下，答应他以"善价"收买. 他很不情愿地终于去了。第二天我去找他时，他递给我两本旧书，同时叹气说，旧纸店不情愿打开已经扎好的一捆捆旧书，因为每捆能选出几本是毫无把握的。他费尽唇舌，也只打开了一捆。他选出的两本书是万历新安诸黄所刻的《罗汉十八相》，大方册，是最精的徽派版画，和另一册黑格旧抄的《续复古编》，是顾氏秀野草堂的藏书。扎成一捆捆的旧书一直塞到纸店的天花板，难怪他们不肯一一打开，重扎……。据藏印知道这家人家姓奚，藏书室名"铸古盦"。关于这个藏书家，我也一直没有能查出更多的底细来。

这件事给我的震动更大。不久，郑西谛路过上海，当时他是中央文化部文物局的局长，正在视察各地文物图书的保存情况，我就将这些反映给他，同时提议，人民政府保护文物图书的法令和宣传教育工作都是极为重要极为迫切的工作，此外，必要的经济措施也是不能忽视的。国家应该用"善价"来收买有价值的古书。在当时，所谓"善价"，也不过是比废纸的价格高出若干而已。这样做的好处是，可以运用经济规律阻止一切应该受到重视、保存的书籍进入还魂纸厂。这样做了，宣传效果可能比一纸公文更大，很快就能收到不胫面走、家喻户晓的成效。而这将起保护全国城乡直至每一角落留存下来的古文献的作用。在国家来说，花费看来是极为有限的。

郑西谛确是一位对祖国文化遗产抱有极浓挚热爱的好同志。我至今还记得他听到反映以后的焦急和激动。立即采取的措施是组织了一些旧书店的店员拣选即将投入还魂纸厂的"废纸"；这种关心以后又发展到即将投入冶炼厂的"废铜"……。我不曾继续了解这些新开展起来的工作的细节，只记得曾被邀参观过一些拣选出来的旧书。有一册宋版宋印的宋人别集，书名忘记了，给我的印象极深，这是"残本"，但却是几百年来未见著录的书。

这些都已经是旧话，也是历史了。不过我想，也许至今它还有一定的意义，还不失为一种小小的"经验"。在着重进行宣传、教育的同时，恰当地辅以适度的经济措施，实践证明是有效也有益的。不只在经济战线上，在文化战线上也同样是如此。

一九七九年四月十三日。

书 痴

看题目，这好像是从《聊斋志异》上抄了来的。一个年青的读书人废寝忘食地在书斋里读书，半夜里，一张少女漂亮的脸在窗外出现了，……后来，自然要有一段曲折、甜蜜的恋爱生活，然后，书生得到少女的帮助，终于考中了状元，作了大官……

自然，这不过是说笑话。蒲松龄的思想境界是不至如此低下的。但在风起云涌继《聊斋志异》而出现的什么《夜谈随录》《夜雨秋灯录》之类的作品里，这样的故事就不只是可能、而且是必然要出现的了。在那样的社会里，"书中自有黄金屋，书中自有颜如玉，书中自有千钟粟……"的"美妙"幻想，在

书
痴

105

读书人的头脑里，简直是独霸着的，这就使他们不能不整天价作着此类的白日好梦，也自然要进而写进他们的创作中间。

不过关于读书人真实的并非捏造的故事，也是有的。如果图便捷，不想翻检许多书本，我想，叶昌炽的《藏书纪事诗》是可以看看的。

叶昌炽辛苦地从大量原始纪录中搜罗了丰富的材料，依时代次序，把许多著名藏书家的故事编缀在一起，是煞费苦心的。他的书在这一领域不愧是"开山之作"，过去还没有谁就此进行过系统的研究。

叶昌炽的书另一值得佩服的特点是，他在取材时尽量选取的是那种"非功利性"的读书人的故事，因而也较少封建气息的污染。当然这也只能是相对而言。和"为艺术而艺术"一样，百分之百的"为读书而读书"是不存在的。读书，无论在什么时代，总都有它的目的性。但取舍之间，不同作者的眼光是大不相同的。我想这和叶昌炽自己就是一个生性恬淡，习惯于寂寞的研究，因而热爱书本的书呆子不无关系。

如果想探索一下，是什么促使人们热爱书本，那原因看来也只能归结为强烈的求知欲。司马光是爱书的，他所藏的万余卷文史书籍，虽然天天翻阅，几十年后依然还像"新若手未触者"一样。他对自己的儿子说过，"贾竖藏货贝，儒家惟此耳"，这是很坦率的话。书是知识分子的吃饭家伙，是不能不予以重视的。这里我把"儒家"译为知识分子，和"四人帮"的论客的解释是不同的。虽然在政治上司马光和王安石是对立的，但他这里所谓"儒家"看来也只是封建社会读书人的泛称，并没有什么格外的"深意"。

司马光自然并不是"为读书而读书"的人，他编写《通鉴》的目的是为了"资治"，一点都不含糊。他的得力助手刘恕也是一位藏书家，他受司马光的委托，经常走几百里路访问藏书家，阅读抄写。一次，他到宋次道家看书，主人殷勤招待。刘恕却说，"此非吾所为来也。殊费吾事"，"悉去之，独闭阁昼夜口诵手抄，留旬日，尽其书而去，目为之翳"。

也是宋代的著名诗人尤袤，则公然声明他的藏书的目的是："饥读之以当肉，寒读之以当裘。孤寂而读之以当友朋，幽忧而读之以当金石琴瑟也。"这个著名的声明，出之诗人之口，很有点浪漫主义的味道。他是道出了"为读书而读书"的真意的。近代著名学人章钰为自己的书斋取名"四当斋"，就是出典于此。

书籍是传播知识的工具，在知识还是私有的时候，知识分子对书的争夺是不可避免的。于是有许多见不得人的勾当干出来了。有一些还被传为"美谈"，其实正是丑史。过去的藏书家喜欢在自己的藏书上加印。除了名号之外，也还有一种"闲章"，有时要长达数十百字，就等于一通宣言。从这些印章中，很可以窥见藏书家的心思。

陈仲鱼有一方白文印："得此书，费辛苦。后之人，其鉴我。"这是很有名的印记，读了使人有一种无可奈何的印象，觉得陈仲鱼是挺可怜的。他这里所说的后人，并非指自己的子孙，而是后来得到他所藏书籍的人。在这一点上，他还是明智的，比有些人要高明得多。风溪陶崇质"南村草堂"藏书，每每钤一楷书长印，文云："赵文敏公书跋云：'聚书藏书，良匪易事。善观书者，澄神端虑，净几焚香。勿卷脑，勿折角，勿以爪侵字，勿以唾揭幅，勿以作枕，勿以夹策。随开随掩，随损随修。后之得吾书者，并奉赠此法。'陶松谷录。"这也是很通脱的。爱书，但私有观念并不怎样浓重，是很难得的。明代著名藏书家、澹生堂主人祁承爜的印记则说："澹生堂中储经籍，主人手校无朝夕。读之欣然忘饮食，典衣市书恒不给。后人但念阿翁癖，子孙益之守弗失。"则已明显地露出了贪惜之念，而且要向子孙乞怜，把希望寄托在他们身上，结果当然是失望。祁家的藏书后来被黄梨洲、吕晚村大捆地买去，吕还为此作了两首诗，其一云："阿翁铭识墨犹新，大担论斤换直银。说与痴儿休笑倒，难寻几世好书人。"说了一通风凉话，却料不到他自己连同所藏书籍的命运比祁氏还要来得悲惨。

清末浙东汤氏藏书也有一方大印："见即买，有必借，窘尽卖。高阁勤晒，国粹公器勿污坏。"说得更是开脱，而且毫不讳言，必要的时候尽可卖掉。这就分明可以看出，到了封建社会的晚期，"子孙世守"那样的观念已经日趋淡薄，而书籍作为商品，在读书人心目中的地位也已大大改变了。

但在明代或更早，这种通脱的意见是难以遇见的。著名的天一阁，就历世相传着极严格的封建族规。藏书应怎样保管，要经过怎样烦难的手续才能看书，……都规定得十分明确。有清一代，有许多著名的学者想登阁观书都被回绝，这样的纪事是很多的。约略与范钦同时的苏州著名藏书家钱毂有一方印记则说："卖衣买书志亦迁，爱护不异随侯珠。有假不返遭神诛，子孙鬻之何其愚。"就大有咬牙切齿之意。钱叔宝是一位贫老的布衣，也是真正爱书、懂得读书的人，他的这种愤激的言辞是可以理解的。说得更为可怕的是明末清初宁波的万贞一（言），他是万斯同的侄辈。我买到他的藏书，读到他手钤的藏印时，是吃了一惊的。他说："吾存宁可食吾肉，吾亡宁可发吾椁，子子孙孙永勿鬻，熟此自可供饘粥。"在我浅薄的见闻中，像这样说得斩钉截铁、血肉模糊的可再也没有了。

为了保护藏书，一方面是训斥子孙，另一面则是威胁买主。可以作为代表的是另一方大印，不过已说不清是否是钱叔宝的手笔了。"赵文敏公书卷末云：吾家业儒，辛勤置书。以遗子孙，其志何如。后人不读，将至于鬻。颓其家声，不如禽犊。苟归他室，当念斯言。取非其有，无宁舍旃！"

话虽如此，有些人肚里明白，他们寄以殷切期望的孝子贤孙往往是靠不住的。明代的杨仪吉年老时就将所藏书散给了亲戚、故旧，同时还恨恨地声明："令荡子爨妇无复着手，亦一道也。"他大概看够了官僚地主家庭子孙"不肖"的实例，才想出了这一条计。他是隐约地看出了"君子之泽、五世而斩"的规律的，自然并不明白那原因。

以上通过几方藏书图记，约略勾画了藏书家愉快、痛苦交错的矛盾心情。这些位，如称之为"书痴"，大概是并无不合的。当然具有较为高明的识见者也不是没有。明末的姚叔祥就说过"盖知以秘惜为藏，不知以传布同好为藏耳"这样的话，是很有见地的。可惜的是并不多见。

"嗜书好货，同为一贪"。这是并非藏书家的极平凡的常识性见解，恐怕事实也确是如此。旧记中常常有人们千方百计搜求书籍的故事，有些自然是使人佩服的，有的就难说，比如朱彝尊买通了钱遵王的书童，把《读书敏求记》的手稿偷出来传抄，就被当做"佳话"写入了序文。这其实就是孔乙己著名的自我辩护的蓝本。"佳话"与"笑柄"的区别，完全以是否"名人"为准，事物的本质往往是被忽略了的。在阶级社会里，人们的行动是不能不受社会阶级地位的制约的。孔乙己如果没有落魄，或有朝一日又阔了起来，他就会使出不同的手段来抢，人们也不但不敢笑，而且还要眼睛望着地面了的。

关于《清明上河图》或"一捧雪"的故事，人们是熟知的。因为有戏曲和小说的宣传。严嵩、世蕃父子的收藏，详细记录在《天水冰山录》里的，恐怕无一不是用同样手段取得的。但很少有人知道，严家父子的前辈，秦桧父子早已玩过同样的花样了。

陆游《老学庵笔记》记："王性之既卒，秦熺方恃其父，气焰熏灼，手书移郡，将欲取其所藏书，且许以官其子。长子仲信，名廉清，苦学有守，号泣拒之曰：'愿守此书以死，不愿官也。'郡将以祸福诱胁之，皆不听，熺亦不能夺而止。"这是八百多年以前的故事，但今天听来也还面熟得很。同时还不能不叹息古人到底"淳厚"，王廉清顶了一下，秦熺也就算了。如果换了陈伯达或那个"顾问"，你顶一下看，谁都知道那后果是什么。

　　中国历代皇帝有一种高妙的创造发明，好像一直不曾引起过怎样的注意。那就是"抄家"。一个奴才，受到主子的宠信，逐渐爬起来了，一路上贪污、受贿，巧取、豪夺，终于积累了一大笔家私。到了一定的时机，皇帝就将面孔一板，抄家问罪。既平了"民愤"，皇帝自己也在"山呼万岁"声中惬惬意意地将贪官的辛勤集聚搬到内库里来。这实在是极为巧妙的一举两得的方法，比起自己出面接受"孝敬"要干净得多也省力得多。因此一代代继承下来照办无误，不过一直心照不宣，也从不写进什么总结里去。到了十年浩劫之时，"四人帮"之流就全盘继承了这个办法，并加以发展、提高。原来只限于几个贪官的，现在就推广到全民中去。原来的口号是惩治贪污，现在就改为破除"四旧"。在深度、广度的变化上，都不能不说是受了清代文字狱的启示。一切书籍、文物、艺术品……只要用"四旧"的尺子一量，就再也没有地缝可钻，一古脑儿被抄了去了。

　　奇怪的是，当时作为"罪证"的"四旧"，今天在许多人的眼睛里又有了完全不同的意义。当党和政府三令五申、拨乱反正，责成清理发还时，有的人就很不愿意。在他们看来，"四人帮"的反革命掠夺，在理论上是非法的，在实际上却是一种"成果"。

书
痴

111

　　我不敢确说这样的思想状况有多少普遍性。因为即使抱有这种想法的人大抵也不肯坦白表示，他们嘴里说的往往倒是更为动听的词句。不过从具体的现象中可以知道它是确实存在的。我自己的几本破书被"四人帮"的爪牙抄去，已近八年。有些书就放在上海图书馆里，我也早就看到了那详目，知道是完整地保存着的。可是至今也还没有发还的消息。偶尔去打听一下，就会听到全套公文程式的答复。最后这种繁复的套话浓缩成一句，是"尚未清理完毕"，而且已经重复了若干次了。真是奇怪，难道那几本书就一直是点不清楚的么？

　　　　　　　　　　　　　一九七九年十二月二十日。

旧书铺

□ 茅　盾

　　来重庆的人，常常被街道的新旧名称弄得头痛。当然新名称有它方便的地方，可是你雇人力车时如果只说一个"中正路"，那恐怕你就不大受欢迎。因为中正路并不短，车夫们懒得多费口舌问明你究竟要到中正路的哪一段，旧名称却比较的富于精确性了。然而一位不知道重庆街道旧名称的"特点"的新客也往往有点小烦恼，譬如说，他会站在"小梁子"的口上问人："小梁子在何处？"因为重庆街道的旧名称往往是在一直线上分段而题名的，和别处的一条街只有一个名称不同。

　　从这些街道的旧名称看来，可知旧时重庆各街也颇"专业化"。例如"鸡街""骡马市""打铁街"之类，单看名目便可想象从前这些街的特殊个性了。我不知道旧时重庆有没有一条旧书铺集中的街道，但照今日重庆还保存着旧日面目那一小段连衡对宇的旧书铺集团看来，这或者也就是从前的旧书街了。不过这段街的旧名称却叫做"米亭子"。

这里的旧书铺集团，并计不过六七单位（连摊子也在内），说多呢实在不多，可是说它少么，似乎今日重庆市内也还找不出第二处有这样多的单位集中起来的旧书市场。当然不是说这里的旧书最多，比这里各单位所有旧书的总数还多些的大旧书铺，我想重庆市内也不是绝对没有，可是单位之多而又集中，俨然成为小小一段的"旧书街"，则恐怕除此以外是没有的。

至于块然独处的大大小小的旧书铺，——或文具而兼旧书之铺，则在今日重庆市内外，几乎是到处可见的了，可是也得说明：无论是"米亭子"或其他单独的旧书铺，旧书诚然是旧书，可不能用抗战前我们心目中的所谓"旧书"来比拟，今天的旧书，只是"旧"书而已。战前一折八扣的翻版书，今天也在那些旧书铺内，俨然珍如宋椠元刊；一九三〇年香港或上海印的报纸本小说（其实也有土纸本在发售），也成为罕见珍品。合于往日所谓"旧书"的标准的旧书，自然也不是没有，只是太少了，说不上比例。差可说是约占百分之一二的，是木板的线装书（这比一折八扣的版本自然可以说是"旧"些了罢），然而这又是医卜星相之类占多数，我曾在两处看见两部木板线装的———一是《曾文正日记》，一是《诗韵合璧》——那书铺老板视为奇货可居，因为这两种是在医卜星相之外的。

但是千万请莫误会，今日重庆的这些旧书铺对于读书人是没有贡献的，比方说，从沦陷区来的一位青年，进了这里的某大学，他来时身无长物，现在至少几本工具书非买不可了，那他就可以到那些旧书铺去看看，只要不怕贵，他买得到一部十前出版的《综合英汉大辞典》，——这是现在此地可能买到的最好的英文字典。又比方说，一位写作者如果打算随便"搜罗"一点旧材料，破费这么几天工夫，上城下城，上坡下坡，出一身臭汗，总也可以略有所获，十前的旧杂志有时竟能淘到若干，但自然，怕贵是不行的。当真不是夸大其词，这些旧书铺有时真有些"珍贵"的书本。原版的外国文书籍，极专门而高深的，也会丢在报纸本的一折八扣书之间，有一位朋友甚至还找到一册有英文注释的希腊古典名著，因此竟引起他学习希腊文的兴趣。不过这是可以遇而不可求罢了。有些英文或法文的原版丛书，虽只零落数册，而亦非难得之书，可是扉页上图记宛在，说明这是战前某某大学或某某学术机关的的故物。这样的书，如何颠沛流徙了数千里，又如何落在旧书铺中，想象起来真不能叫人不生感慨；这样的书，放在家里虽不重视，但在别一意义上，可实在算得是具有"藏珍"资格的"旧书"了罢？可喜而又可怪者，是这样的书，近来愈见其多，常常可以遇到了。这一件小事，如果推想开去，却又叫人觉得可忧而又可悲。

　　最后，我们来谈一谈旧书的价钱。

　　先述一二近事，桂柳沦陷之时，有人流亡到贵阳，旅费不

旧书铺

115

继，卖掉一部丙种《辞源》，得价一万元，——这还是急等钱用贱卖了的。独山克服以后，有人在重庆买得一部报纸本的《鲁迅全集》，出价二万五，——这也是沾了时局的光的。看了这两件"买卖"，旧书的时价，略可概见，一句话，旧书时价虽然赶不上米布，更赶不上高级化妆品，可也够惊人了；今日重庆一家小小旧书铺，论其货价，谁敢说它没有几百万；倘以旧时币值计，直堪坐拥百宋千元！但今天不过是白报纸本道林纸本的铅印书而已。旧书价格之提高，似与供求关系无涉。旧书价是跟着粮价走的，这也有一个小小故事不可不记。有人在"米亭子"某铺看到一部《综合英汉大辞典》(袖珍本)，索价二千六百元，买不起，隔了两天再去看，却已涨为三千元了。问何以多涨四百，则答曰："这几天粮价涨了呀！"书是精神食粮，书价跟着粮价走，似亦理所当然。

但是今日重庆的旧书铺老板计算他的货价尚有另一原则，此即依纸张（白报纸或道林纸）及书之页数为伸缩，即使是极不相干的书，只要纸好，页数多，则价必可观，这简直是在卖纸了！自有旧书铺以来，这真是历史的新的一页。对于这样的"现实主义"，版本权威只能摇头叹息。所以今日重庆跑旧书铺的人，决不是当时在北平跑琉璃厂，在上海跑来青阁的人们了。

今天是一个"伟大"的"现实主义"的时代，今天重庆跑旧书铺的人，绝大多数是为了某一个小小的"现实"的目的，"发思古之幽情"者，恐怕百不得一二罢？旧时也还有坐在旧书铺里看了半天书的人，今天也没有了；今天如果有这样的好学者，那不是在旧书铺中，而在"新书店"内了。

不过，旧书铺的内容虽然变了，而从"市上若无，则姑求之于旧书铺"这一点看来，今天重庆的旧书铺还是"旧书铺"，只是所有者是现实意义的"旧"书罢了。可以说旧书铺也染上了战时的色调了，这也是"今日重庆"之一面。

影响我的几本书

□ 梁实秋

我喜欢书，也还喜欢读书，但是病懒，大部分时间荒嬉掉了！所以实在没有读过多少书。年届而立，才知道发愤，已经晚了。几经丧乱，席不暇暖，像董仲舒三年不窥园，米尔顿五年隐于乡，那样有良好环境专心读书的故事，我只有艳羡。多少年来所读之书，随缘涉猎，未能专精，故无所成。然亦间有几部书对于我个人为学做人之道不无影响。究竟哪几部书影响较大，我没有思量过，直到八年前有一天邱秀文来访问我，她提出了这么一个问题，她问我所读之书有哪几部使我受益较大。我略为思索，举出七部书以对，略加解释，语焉不详。邱秀文记录得颇为翔实，亏她细心的联缀成篇，并标题以"梁实秋的读书乐"，后来收入她的一个小册《智者群像》，由时报文化出版公司出版。最近《联副》推出一系列文章，都是有关书和读书的，编者要我也插上一脚，并且给我出了一个题目"影响我的几本书"。我当时觉得自己好像是一个考生，遇到考官出了一个我不久以前作过的题目，自以为驾轻就熟，写起来省事，于是色然而喜，欣然应命。题目像是旧的，文字却是新的。这便是我写这篇东西的由来。

第一部影响我的书是《水浒传》。我十四岁进清华才开始读小说，偷偷的读，因为那时候小说被目为"闲书"，在学校里看小说是悬为厉禁的。但是我禁不住诱惑，偷闲在海甸一家小书铺买到一部《绿牡丹》，密密麻麻的小字光纸石印本，晚上钻在蚊帐里偷看，也许近视眼就是这样养成的。抛卷而眠，翼晨忘记藏起，查房的斋务员在枕下一摸，手到擒来。斋务主任陈筱田先生唤我前去应询，瞪着大眼厉声叱问："这是嘛？"（天津话"嘛"就是"什么"）随后把书往地上一丢，说"去吧！"算是从轻发落，没有处罚，可是我忘不了那被叱责的耻辱。我不怕，继续偷看小说，又看了《肉蒲团》《灯草和尚》《金瓶梅》等等。这几部小说，并不使我满足，我觉得内容庸俗、粗糙、下流。直到我读到《水浒传》才眼前一亮，觉得这是一部伟大的作品，不愧金圣叹称之为第五才子书，可以和庄、骚《史记》、杜诗并列。我一读，再读，三读，不忍释手。曾试图默诵一百零八条好汉的姓名绰号，大致不差（并不是每一个人物都栩栩如生，精彩的不过五分之一，有人说每一个人物都有

影响我的几本书

特色，那是夸张）。也曾试图搜集香烟盒里（是大联珠还是前门？）一百零八条好汉的图片。这部小说实在令人着迷。《水浒》作者施耐庵在元末以赐进士出身，生卒年月不详，一生经历我们也不得而知。这没有关系，我们要读的是书。有人说《水浒》作者是罗贯中，根本不是他，这也没有关系，我们要读的是书。《水浒》有七十回本，有一百回本，有一百十五回本，有一百二十回本，问题重重；整个故事是否早先有过演化的历史而逐渐形成的，也很难说；故事是北宋淮安大盗一伙人在山东寿张县梁山泊聚义的经过，有多大部分与历史符合有待考证。凡此种种都不是顶重要的事。《水浒传》的主题是"官逼民反，替天行道"。一个个好汉直接间接的吃了官的苦头，有苦无处诉，于是铤而走险，逼上梁山，不是贪图山上的大碗酒大块肉。官，本来是可敬的。奉公守法公忠体国的官，史不绝书。可是一朝权在手便把令来行的贪污枉法的官却也不在少数。人踏上仕途，很容易被污染，会变成为另外一种人，他说话的腔调会变，他脸上的筋肉会变，他走路的姿势会变，他的心的颜色有时候也会变。"尔俸尔禄，民脂民膏"，过骄奢的生活，成特殊阶级，也还罢了，若是为非作歹，鱼肉乡民，那罪过可大了。水浒写的是平民的一股怨气。不平则鸣，容易得到读者的同情，有人甚至不忍深责那些非法的杀人放火的勾当。有人以终身不入官府为荣，怨毒中人之深可想。

较近的人民叛乱事件，义和团之乱是令人难忘的。我生于庚子后二年，但是清廷的糊涂、八国联军之肆虐，从长辈口述得知梗概。义和团是由洋人教士勾结官府压迫人民所造成的，其意义和梁山泊起义不同，不过就其动机与行为而言，我怜其愚，我恨其妄，而又不能不寄予多少之同情。义和团不可以一个"匪"字而一笔抹煞。英国俗文学中之罗宾汉的故事，其劫强济贫目无官府的游侠作风之所以能赢得读者的赞赏，也是因为它能伸张一般人的不平之感。我读了《水浒》之后，我认识了人间的不平。

我对于《水浒》有一点极为不满。作者好像对于女性颇不同情。《水浒》里的故事对于所谓奸夫淫妇有极精采的描写，而显然的对于女性特别残酷。这也许是我们传统的大男人主义，一向不把女人当人，即使当作人也是次等的人。女人有所谓贞操，而男人无。《水浒》为人抱不平，而没有为女人抱不平。这虽不足为《水浒》病，但是《水浒》对于欣赏其不平之鸣的读者在影响上不能不打一点折扣。

第二部书该数《胡适文存》。胡先生和我们同一时代，长我十一岁，我们很容易忽略其伟大，其实他是我们这一代人在思想学术道德人品上最为杰出的一个。我读他的文存的时候，我尚在清华没有卒业。他影响我的地方有三：

一是他的明白清楚的白话文。明白清楚并不是散文艺术的极致，却是一切散文必须具备的起码条件。他的《文学改良刍议》，现在看起来似嫌过简，在当时是振聋发聩的巨著。他的《白话文学史》的看法，他对于文学（尤其是诗）的艺术的观念，现在看来都有问题。例如他直到晚年还坚持的说律诗是

"下流"的东西，骈四俪六当然更不在他眼里。这是他的偏颇的见解。可是在"五四"前后，文章写得像他那样明白晓畅不枝不蔓的能有几人？我早年写作，都是以他的文字作为模仿的榜样。不过我的文字比较杂乱，不及他的纯正。

二是他的思想方法。胡先生起初倡导杜威的实验主义，后来他就不弹此调。胡先生有一句话："不要被别人牵着鼻子走！"像是给人的当头棒喝。我从此不敢轻信人言。别人说的话，是者是之，非者非之，我心目中不存有偶像。胡先生曾为文批评时政，也曾为文对什么主义质疑，他的几位老朋友劝他不要发表，甚至要把已经发排的稿件擅自抽回，胡先生说："上帝尚且可以批评，什么人什么事不可批评？"他的这种批评态度是可佩服的。从大体上看，胡先生从不侈言革命，他还是一个"儒雅为业"的人，不过他对于往昔之不合理的礼教是不惜加以批评的。曾有人家里办丧事，求胡先生"点主"，胡先生断然拒绝，并且请他阅看《胡适文存》里有关"点主"的一篇文章，其人读了之后翕然诚服。胡先生对于任何一件事都要寻根问底，不肯盲从。他常说他有考据癖，其实也就是独立思考的习惯。

三是他的认真严肃的态度。胡先生说他一生没写过一篇不用心写的文章，看他的《文存》就可以知道确是如此，无论多小的题目，甚至一封短札，他也是像狮子搏兔似的全力以赴。他在庐山偶然看到一个和尚的塔，他作了八千多字的考证。他对于《水经注》所下的功夫是惊人的。曾有人劝他移考证《水经注》的功夫去做更有意义的事，他说不，他说他这样做是为了要把研究学问的方法传给后人。我对于《水经注》没有兴趣，胡先生的著作我没有不曾读过的，唯《水经注》是例外。可是他治学为文之认真的态度，是我认为应该取法的。有一次他对几个朋友说，写信一定要注明年、月、日，以便查考。我们明知我们的函件将来没有人会来研究考证，何必多此一举？他说不，要养成这个习惯。我接受他的看法，年、月、日都随时注明。有人写信仅注月日而无年份，我看了便觉得缺憾。我译莎士比亚，大家知道，是由于胡先生的倡导。当初约定一年译两本，二十年完成，可是我拖了三十年。胡先生一直关注这件工作，有一次他由台湾飞到美国，他随身携带在飞机上阅读的书包括《亨利四世下篇》的译本。他对我说他要看看中译的莎士比亚能否令人看得下去。我告诉他，能否看得下去我不知道，不过我是认真翻译的，没有随意删略，没敢潦草。他说俟全集译完之日为我举行庆祝，可惜那时他已经不在了。

第三本书是白璧德的《卢梭与浪漫主义》。白璧德（Irving Babbitt）是哈佛大学教授，是一位与时代潮流不合的保守主义学者，我选过他的"英国十六世纪以后的文学批评"一课，觉得他很有见解，不但有我们前所未闻的见解，而且是和我自己的见解背道而驰。于是我对他发生了兴趣。我到书店把他的著作五种一古脑儿买回来读，其中最有代表性的是他的这一本《卢梭与浪漫主义》。他毕生致力于批判卢梭及其代表的浪漫主义，他针砭流行的偏颇的思想，总是归根到卢梭的自然主

义。有一幅漫画讽刺他，画他匍匐在地上揭开被单窥探床下有
无卢梭藏在底下。白璧德的思想主张，我在《学衡》杂志所刊
吴宓、梅光迪几位介绍文字中已略为知其一二，只是《学衡》
固执地使用文言，在一般受了"五四"洗礼的青年很难引起共
鸣。我读了他的书，上了他的课，突然感到他的见解平正通达
而且切中时弊。我平夙心中蕴结的一些浪漫情操几为之一扫而
空。我开始省悟，"五四"以来的文艺思潮应该根据历史的透视
而加以重估。我在学生时代写的第一篇批评文字《中国现代文
学之浪漫的趋势》就是在这个时候写的。随后我写的《文学的
纪律》《文人有行》，以至于较后对于辛克莱《拜金艺术》的评
论，都可以说是受了白璧德的影响。

　　白璧德对东方思想颇有渊源，他通晓梵文经典及儒家与
老庄的著作。《卢梭与浪漫主义》有一篇很精彩的附录，论老
庄的"原始主义"，他认为卢梭的浪漫主义颇有我国老庄的色
彩。白璧德的基本思想是与古典的人文主义相呼应的新人文主
义。他强调人生三境界，而人之所以为人在于他有内心的理性
控制，不令感情横决。这就是他念念不忘的人性二元论。《中
庸》所谓"天命之谓性，率性之谓道，修道之谓教"，孔子所说
的"克己复礼"，正是白璧德所乐于引证的道理。他重视的不
是 élan vital（柏格森所谓的"创造力"）而是 élan froin（克制
力）。一个人的道德价值，不在于做了多少事，而是在于有多少
事他没有做。白璧德并不说教，他没有教条，他只是坚持一个
态度——健康与尊严的态度。我受他的影响很深，但是我不曾

大规模的宣扬他的作品。我在新月书店曾经辑合《学衡》上的几篇文字为一小册印行，名为《白璧德与人文主义》，并没有受到人的注意。若干年后，宋淇先生为美国新闻处编译一本《美国文学批评》，其中有一篇是《卢梭与浪漫主义》的一章，是我应邀翻译的，题目好像是《浪漫的道德》。三十年代"左"倾仁兄们鲁迅及其他谤我为"白璧德的门徒"，虽只是一顶帽子，实也当之有愧，因为白璧德的书并不容易读，他的理想很高，也很难身体力行，称为门徒谈何容易！

第四本书是叔本华的《隽语与箴言》（Maxims and Counsels）。这位举世闻名的悲观哲学家，他的主要作品 The World as Will and Idea 我没有读过，可是这部零零碎碎的札记性质的书却给我莫大的影响。

叔本华的基本认识是：人生无所谓幸福，不痛苦便是幸福。痛苦是真实的、存在的、积极的；幸福则是消极的，并无实体的存在。没有痛苦的时候，那种消极的感受便是幸福。幸福是一种心理状态，而非实质的存在。基于此种认识，人生努力方向应该是尽量避免痛苦，而不是追求幸福，因为根本没有幸福那样的一个东西。能避免痛苦，幸福自然就来了。

我不觉得叔本华的看法是诡辩。不过避免痛苦不是一件简单的事，需要慎思明辨，更需要当机立断。

第五部书是斯陶达的《对文明的反叛》（Lothrop Stoddard：The Revolt against Civilization）。这不是一部古典名著，但是影响了我的思想。民国十四年，潘光旦在纽约哥伦比亚大学念书，住在黎文斯通大厦，有一天我去看他，他顺手拿起这一本书，竭力推荐要我一读。光旦是优生学者，他不但赞成节育，而且赞成"普罗列塔利亚"少生孩子，优秀的知识分子多生孩子，只有这样做，民族的品质才有希望提高。一人一票的"德谟克拉西"是不合理的，古希腊的"亚里士多克拉西"较近于理想。他推崇孔子，但不附和孟子的平民之说。他就是这样有坚定信念而非常固执的一位学者。他郑重推荐这一本书，我想必有道理，果然。

斯陶达的生平不详，我只知道他是美国人，一八八三年生，一九五〇年卒，《对文明的反叛》出版于一九二二年，此外还有《欧洲种族的实况》（一九二四年）、《欧洲与我们的钱》（一九三二年）及其他。这本《对文明的反叛》的大意是：私有财产为人类文明的基础。有了私有财产的制度，然后人类生活形态，包括家庭的、社会的、政治的、经济的各方面，才逐渐的发展而成为文明。马克斯与恩格斯于一八四八年发表的一个小册子《Manifest der Kommunisten》，声言私有财产为一切罪恶的根源，要彻底的废除私有财产制度，言激而辩。斯陶达认为这是反叛文明，是对整个人类文明的打击。

文明发展到相当阶段会有不合理的现象，也可称之为病态。所以有心人就要想法改良补救，也有人就想象一个理想中的黄金时代，悬为希望中的目标。《礼记·礼运》所谓的"大同"，虽然孔子说"大道之行也，与三代之英，丘未之逮也"，实则大同乃是理想世界，在尧舜时代未必实现过，就是禹、汤、文、武、周公的"小康之治"恐怕也是想当然耳。西洋哲学家如柏拉图、如斯多亚派创始者季诺（Zeno）、如托马斯·摩尔及其他，都有理想世界的描写。耶稣基督也是常以慈善为教，要人共享财富。许多教派都不准僧侣自蓄财产。英国诗人柯律治与骚赛（Coleridge and Southey）在一七九四年根据卢梭与高德文（Godwin）的理想，居然想到美洲的宾夕凡尼亚去创立一个共产社区，虽然因为缺乏经费而未实现，其不满于旧社会的激情可以想见。不满于文明社会之现状，是相当普遍的心理。凡是有同情心和正义感的人对于贫富悬殊壁垒分明的现象无不深恶痛绝。不过从事改善是一回事，推翻私有财产制度又是一回事。像一七九二年巴黎公社之引起恐怖统治，就是一个极不幸的例子。至于以整个国家甚至以整个世界孤注一掷的做一个渺茫的理想的实验，那就太危险了。文明不是短期能累积起来的，却可毁灭于一旦。斯陶达心所为危，所以写了这样的一本书。

第六部书是《六祖坛经》。我与佛教本来毫无瓜葛。抗战时在北碚缙云山上缙云古寺偶然看到太虚法师领导的汉藏理学院，一群和尚在翻译佛经，香烟缭绕，案积贝多树叶帖帖然，字斟句酌，庄严肃穆。佛经的翻译原来是这样谨慎而神圣的，令人肃然起敬。知客法舫，彼此通姓名后得知他是《新月》的读者，相谈甚欢，后来他送我一本他作的《金刚经讲话》，我读了也没有什么领悟。三十八年我在广州，中山大学外文系主任林文铮先生是一位狂热的密宗信徒，我从他那里借到《六祖坛经》，算是对于禅宗作了初步的接触，谈不上了解，更谈不到开悟。在丧乱中我开始思索生死这一大事因缘。在六榕寺瞻仰了六祖的塑像，对于这位不识字而能顿悟佛理的高僧有无限的敬仰。

《六祖坛经》不是一人一时所作，不待考证就可以看得出来，可是禅宗大旨尽萃于是。禅宗主张不立文字，但阐明宗旨还是不能不借重文字。据我浅陋的了解，禅宗主张顿悟，说起来简单，实则甚为神秘。棒喝是接引的手段，公案是参究的把鼻。说穿了即是要人一下子打断理性的逻辑的思维，停止常识的想法，蓦然一惊之中灵光闪动，于是进入一种不思善不思恶、无生无死、不生不死的心理状态。在这状态之中得见自心自性，是之谓明心见性，是之谓言下顿悟。

有一次我在胡适之先生面前提起铃木大拙，胡先生正色曰："你不要相信他，那是骗人的！"我不作如是想。铃木不像是有意骗人，他可能确是相信禅宗顿悟的道理。胡先生研究禅宗历史十分渊博，但是他自己没有做修持的功夫，不曾深入禅宗的奥秘。事实上他无法打入禅宗的大门，因为禅宗大旨本非理性的文字所能解析说明，只能用简略的象征的文字来暗示。在另一方面，铃木也未便以胡先生为门外汉而加以轻蔑。因为一进入文字辩论的范围便必须使用理性的逻辑的方式才足以服人。禅宗的境界用理性逻辑的文字怎样解释也说不明白，须要自身体验，如人饮水，冷暖自知。所以我看胡适、铃木之论战根本是不必要的，因为两个人不站在一个层次上。一个说有鬼，一个说没有鬼，能有结论么？

我个人平凡的思想方式近于胡先生类型，但是我也容忍不同的寻求真理的方法。《哈姆雷特》一幕二景，哈姆雷特见鬼之后对于来自威吞堡的学者何瑞修说："宇宙间无奇不有，不是你的哲学全能梦想得到的。"我对于禅宗的奥秘亦作如是观。《六祖坛经》是我最初亲近的佛书，带给我不少喜悦，常引我作超然的遐思。

第七部书是卡赖尔的《英雄与英雄崇拜》（Carlyle：On Heroes Hero worship and the Heroic in History）原是一系列的演讲，刊于一八四一年。卡赖尔的文笔本来是汪洋恣肆，气势不凡，这部书因为原是讲稿，语气益发雄浑，滔滔不绝的有雷霆万钧之势。他所谓的英雄，不是专指搴旗斩将、攻城略地的武术高超的战士而言，举凡卓越等伦的各方面的杰出人才，他都认为是英雄。神祇、先知、国王、哲学家、诗人、文人都可以称为英雄，如果他们能做人民的领袖、时代的前驱、思想的导师。卡赖尔对于人类文明的历史发展有一基本信念，他认为人类文明是极少数的领导人才所创造的。少数的杰出人才有所发明，于是大众跟进。没有睿智的领导人物，浑浑噩噩的大众就只好停留在浑浑噩噩的状态之中。证之于历史，确是如此。这种说法和孙中山先生所说"先知先觉，后知后觉，不知不觉"，若合符节。卡赖尔的说法，人称之为"伟人学说"（Great Man Theory）。他说政治的妙谛在于如何把有才智的人放在统治者的位置上去。他因此而大为称颂我们的科举取士的制度。不过他没注意到取士的标准大有问题，所取之士的品质也就大有问题。好人出头是他的理想，他们憧憬的是贤人政治。他怕听"拉平者"（Levellers）那一套议论，因为人有贤不肖，根本不平等。尽管尽力拉平世间的不平等的现象，领导人才与人民大众对于文明的贡献究竟不能等量齐观。

我接受卡赖尔的伟人学说，但是我同时强调伟人的品质。尤其是政治上的伟人责任重大，如果他的品质稍有问题，例如轻言改革，囿于私见，涉及贪婪，用人不公，立刻就会灾及大众，祸国殃民。所以我一面崇拜英雄，一面深厌独裁。我愿他泽及万民，不愿他成为偶像。卡赖尔不信时势造英雄，他相信英雄造时势。我想是英雄与时势交相影响。卡赖尔受德国菲士特（Fichte）的影响，以为一代英雄之出世涵有"神意"（"divine idea"），又受喀尔文（Calvin）一派清教思想的影响，以为上帝的意旨在指挥英雄人物。这种想法现已难以令人相信。

第八部书是玛克斯·奥瑞利斯（Marcus Aurelius Antoninus）的《沉思录》（Meditations），这是西洋斯托亚派哲学最后一部杰作，原文是希腊文，但是译本极多，单是英文译本自十七世纪起至今已有二百多种。在我国好像注意到这本书的人不多。我在一九五九年将此书译成中文，由协志出版公司印行。作者是一千八百多年前的罗马帝国的皇帝，以皇帝之尊而成为苦修的哲学家，并且给我们留下这样的一部书真是奇事。

斯托亚派哲学涉及三个部门：物理学、论理学、伦理学。

这一派的物理学，简言之，即是唯物主义加上泛神论，与柏拉图之以理性概念为唯一真实存在的看法正相反。斯托亚派认为只有物质的事物才是真实的存在，但是物质的宇宙之中偏存着一股精神力量，此力量以不同的形势出现，如人，如气，如精神，如灵魂，如理性，如主宰一切的原理，皆是。宇宙是神，人所崇奉的神祇只是神的显示。神话传说全是寓言。人的灵魂是从神那里放射出来的，早晚还要回到那里去。主宰一切的神圣原则即是使一切事物为了全体利益而合作。人的至善的理想即是有意识的为了共同利益而与天神合作。至于这一派的论理学则包括两部门，一是辩证法，一是修辞学，二者都是思考的工具，不太重要。玛克斯最感兴趣的是伦理学。按照这一派哲学，人生最高理想是按照宇宙自然之道去生活。所谓"自然"不是任性放肆之意，而是上面说到的宇宙自然。人生除了美德无所谓善，除了罪行无所谓恶。美德有四：一为智慧，所以辨善恶；二为公道，以便应付一切悉合分际；三为勇敢，藉以终止痛苦；四为节制，不为物欲所役。人是宇宙的一部分，所以对宇宙整体负有义务，应随时不忘本分，致力于整体利益。有时自杀也是正当的，如果生存下去无法善尽做人的责任。

《沉思录》没有明显的提示一个哲学体系，作者写这本书是在做反省的功夫，流露出无比的热诚。我很向往他这样的近于宗教的哲学。他不信轮回不信往生，与佛说异，但是他对于生死这一大事因缘却同样的不住的叮咛开导。佛示寂前，门徒环立，请示以后当以谁为师，佛说："以戒为师。"戒为一切修行之本，无论根本五戒、沙弥十戒、比丘二百五十戒，以及菩萨十重四十八轻之性戒，其要义无非是克制。不能持戒，还说什么定慧？佛所斥为外道的种种苦行，也无非是戒的延伸与歪曲。斯托亚派的这部杰作坦示了一个修行人的内心了悟，有些地方不但可与佛说参证，也可以和我国传统的"天行健，君子以自强不息"以及"克己复礼"之说相印证。

英国十七世纪剧作家范伯鲁（Vanbrugh）的《旧病复发》（Relapse）里有一个愚蠢的花花大少浮平顿爵士（Lord Foppington），他说了一句有趣的话："读书乃是以别人脑筋制造出的东西以自娱。我以为有风度有身份的人可以凭自己头脑流露出来的东西而自得其乐。"书是精神食粮。食粮不一定要自己生产，自己生产的不一定会比别人生产的好。而食粮还是我们必不可或缺的。书像是一股洪流，是多年来多少聪明才智的人点点滴滴的汇集而成，很难得有人能毫无凭藉的立地涌现出一部书。读书如交友，也靠缘分，吾人有缘接触的书各有不同。我读书不多，有缘接触了几部难忘的书，有如良师益友，获益非浅，略如上述。

书　房

□ 梁实秋

　　书房，多么典雅的一个名词！很容易令人联想到一个书香人家。书香是与铜臭相对的。其实书未必香，铜亦未必臭。周彝商鼎，古色斑烂，终日摩娑亦不觉其臭，铸成钱币才沾染市侩味，可是不复流通的布帛刀错又常为高人赏玩之资。书之所以为香，大概是指松烟油墨印上了毛边连史，从不大通风的书房里散发出来的那一股怪味，不是桂馥兰薰，也不是霉烂馊臭，是一股混合的难以形容的怪味。这种怪味只有书房里才有，而只有士大夫人家才有书房。书香人家之得名大概是以此。

　　寒窗之下苦读的学子多半是没有书房，囊萤凿壁的就更不用说。所以对于寒苦的读书人，书房是可望而不可即的豪华神仙世界。伊士珍《琅嬛记》："张华游于洞宫，遇一人引至一处。别是天地，每室各有奇书，华历观诸室书，皆汉以前事，多所未闻者，问其地，曰：'琅嬛福地也。'"这是一位读书人希求冥想一个理想的读书之所，乃托之于神仙梦境。其实除了赤贫的人饔飧不继谈不到书房外，一般的读书人，如果肯要一个书房，还是可以好好布置出一个来的。有人分出一间房子养来亨鸡，也有人分出一间房子养狗，就是匀不出一间做书房。我还见过一位富有的知识分子，他不但没有书房，也没有书桌，我亲见他的公子趴在地板上读书，他的女公子用一块木板在沙发上写字。

一个正常的良好的人家，每个孩子应该拥有一个书桌，主人应该拥有一间书房。书房的用途是庋藏图书并可读书写作于其间，不是用以公开展览藉以骄人的。"丈夫拥有万卷书，何假南面百城！"这种话好像是很潇洒而狂傲，其实是心尚未安无可奈何的解嘲语，徒见其不丈夫。书房不在大，亦不在设备佳，适合自己的需要便是。局促在几尺宽的走廊一角，只要放得下一张书桌，依然可以作为一个读书写作的工厂，大量出货。光线要好，空气要流通，红袖添香是不必要的，既没有香，"素腕举，红袖长"反倒会令人心有别注。书房的大小好坏，和一个读书写作的成绩之多少高低，往往不成正比例。有好多著名作品是在监狱里写的。

我看见过的考究的书房当推宋春舫先生的褐木庐为第一，在青岛的一个小小的山头上，这书房并不与其寓邸相连，是单独的一栋。环境清幽，只有鸟语花香，没有尘嚣市扰。《太平清话》："李德茂环积坟籍，名曰书城。"我想那书城未必能和褐木庐相比。在这里，所有的图书都是放在玻璃柜里，柜比人高，但不及栋。我记得藏书是以法文戏剧为主。所有的书都是精装，不全是 buckram（胶硬粗布），有些是真的小牛皮装订（half calf，ooze calf，etc），烫金的字在书脊上排着队闪闪发亮。也许这已经超过了书房的标准，微近于藏书楼的性质，因为他还有一册精印的书目，普通的读书人谁也不会把他书房里的图书编目。

周作人先生在北平八道湾的书房，原名苦雨斋，后改为苦茶庵，不离苦的味道。小小的一幅横额是沈尹默写的。是北平式的平房，书房占据了里院上房三间，两明一暗。里面一间是知堂老人读书写作之处，偶然也延客品茗，几净窗明，一尘不染。书桌上文房四宝井然有致。外面两间像是书库，约有十个八个书架立在中间，图书中西兼备，日文书数量很大。真不明白苦茶庵的老和尚怎么会掉进了泥淖一辈子洗不清！

闻一多的书房，和"闻一多先生的书桌"一样，充实、有趣而乱。他的书全是中文书，而且几乎全是线装书。在青岛的时候，他仿效青岛大学图书馆庋藏中文图书的办法，给成套的中文书装制蓝布面，用白粉写上宋体字的书名，直立在书架上。这样的装备应该是很整齐可观，但是主人要作考证，东一部西一部的图书便要从书架上取下来参加獭祭的行列了，其结果是短榻上、地板上，唯一的一把木根雕制的太师椅上，全都是书。那把太师椅玲珑邦硬，可以入画，不宜坐人，其实亦不宜于堆书，却是他书斋中最惹眼的一个点缀。

潘光旦在清华南院的书房另有一种情趣。他是以优生学专家的素养来从事我国谱牒学研究的学者，他的书房收藏这类图书极富。他喜欢用书檈，那就是用两块木板将一套书夹起来，立在书架上。他在每套书系上一根竹制的书签，签上写着书名。这种书签实在很别致，不知杜工部《将赴草堂途中有作》所谓"书签药裹封尘网"的书签是否即系此物。光旦一直在北平，失去了学术研究的自由，晚年丧偶，又复失明，想来他书房中那些书签早已封尘网了！

汗牛充栋，未必是福。丧乱之中，牛将安觅？多少爱书的人士都把他们苦心聚集的图书抛弃了，而且再也鼓不起勇气重建一个像样的书房。藏书而充栋，确有其必要，例如从前我家有一部小字本的图书集成，摆满上与梁齐的靠着整垛山墙的书架，取上层的书须用梯子，爬上爬下很不方便，可是充栋的书架有时仍是不可少。我来台湾后，一时兴起，兴建了一个连在墙上的大书架，邻居绸缎商来参观，叹曰："造这样大的木架有什么用，给我摆列绸缎尺头倒还合用。"他的话是不错的，书不能令人致富。书还给人带来麻烦，能像郝隆那样七月七日在太阳底下晒肚子就好，否则不堪衣鱼之扰，真不如尽量的把图书塞入腹笥，晒起来方便，运起来也方便。如果图书都能作成"显微胶片"纳入腹中，或者放映在脑子里，则书房就成为不必要的了。

牛津的书虫

□ 许地山

牛津实在是学者的学国，我在此地两年底生活尽用于波德林图书馆，印度学院，阿克关屋（社会人类学讲室），及曼斯斐尔学院中，竟不觉归期已近。

同学们每叫我做"书虫"，定蜀尝鄙夷地说我于每谈论中，不上三句话，便要引经据典，"真正死路"！刘锴说："你成日读书，睇读死你呀！"书虫诚然是无用的东西，但读书读到死，是我所乐为。假使我底财力、事业能够容允我，我诚愿在牛津做一辈子底书虫。

我在幼时已决心为书虫生活。自破笔受业直到如今，二十五年间未尝变志。但是要做书虫，在现在的世界本不容易。须要具足五件条件才可以。五件者：第一要身体康健；第二要家道丰裕；第三要事业清闲；第四要志趣淡薄；第五要宿慧超越。我于此五件，一无所有！故我以十年之功只当他人一夕之业。于诸学问、途径还未看得清楚，何敢希望登堂入室？但我并不因我底资质与境遇而灰心，我还是抱着读得一日便得一日之益底心志。

为学有三条路向：一是深思，二是多闻，三是能干。第一途是做成思想家底路向；第二是学者；第三是事业家。这三种人同是为学，而其对于同一对象底理解则不一致。譬如有人在居庸关下偶然捡起一块石头，一个思想家要想他怎样会在那里，怎样被人捡起来，和他底存在底意义。若是一个地质学者，他对于那石头便从地质方面源源本本考证。若是一个历史学者，他便要探求那石与过去史实有无底关系。若是一个事业家，他只想着要怎样利用那石而已。三途之中，以多闻为本。我邦先贤教人以"博闻强记"，及教人"不学而好思，虽知不广"底话，真可谓能得力学底正谊。但在现在的世界，能专一途底很少。因为生活上等等的压迫，及种种知识上的需要，使人难为纯粹的思想家或事业家。假使苏格拉底生于今日的希拉，他难免也要写几篇关于近东问题底论文投到报馆里去卖几个钱。他也得懂得一点汽车、无线电的使用方法。也许他会把钱财存在银行里。这并不是因为"人心不古"，乃是因为人事不古。近代人需要等等知识为生活底资助，大势所趋，必不能在短期间产生纯粹的或深邃的专家。故为学要先多能，然后专攻，庶几可以自存，可以有所贡献。吾人生于今日，对于学问。专既难能，博又不易，所以应于上列三途中至少要兼二程。

兼多闻与深思者为文学家。兼多闻与能干者为科学家。就是说一个人具有学者与思想家底才能，便是文学家；具有学者与专业家的功能底，便是科学家。文学家与科学家同要具学者底资格所不同者，一是偏于理解，一是偏于作用，一是修文，一是格物（自然我所用科学家与文学家底名字是广义的）。进一步说，舍多闻既不能有深思，亦不能生能干，所以多闻是为学根本。多闻多见为学者应有底事情，如人能够做到，才算得过着书虫的生活。当彷徨于学问底歧途时，若不能早自决断该向哪一条路走去，他底学业必致如荒漠的砂粒，既不能长育生灵，又不堪制作器用。即使他能下笔千言，必无一字可取。纵使他能临事多谋，必无一策能成。我邦学者，每不擅于过书虫生活，在歧途上既不能慎自抉择，复不虚心求教；过得去时，便充名士；过不去时，就变劣绅，所以我觉得留学而学普通知识，是一个民族最羞耻的事情。

我每觉得我们中间真正的书虫太少了。这是因为我们当学生底多半穷乏，急于谋生，不能具足上说五种求学条件所致。从前生活简单，旧式书院未变学堂底时代，还可以希望从领膏火费底生员中造成一二。至于今日底官费生或公费生，多半是虚掷时间和金钱底。这样的光景在留学界中更为显然。

牛津底书虫很多，各人都能利用他底机会去钻研，对于有学无财底人，各学院尽予津贴，未卒业者为"津贴生"，已卒业者为"特待校友"，特待校友中有一辈以读书为职业底。要有这样的待遇，然后可产出高等学者。在今日的中国要靠著作度日是绝对不可能的。因社会程度过低，还养不起著作家。所以著作家底生活与地位在他国是了不得，在我国是不得了！著作家还养不起，何况能养在大学里以读书为生的书虫？这也许就是中国底"知识阶级"不打而自倒底原因。

读廉价书

□ 汪曾祺

　　文章滥贱，书价腾踊。我已经有好多年不买书了。这一半也是因为房子太小，买了没有地方放。年轻时倒也有买书的习惯。上街，总要到书店里逛逛，挟一两本回来。但我买的，大都是便宜的书。读廉价书有几样好处：一是买得起，掏出钱时不肉痛；二是无须珍惜，可以随便在上面圈点批注；三是丢了就丢了，不心疼。读廉价书亦有可记之事，爱记之。

一折八扣书

一折八扣书盛行于三十年代，中学生所买的大都是这种书。一折，而又打八扣，即定价如是一元，实售只是八分钱。当然书后面的定价是预先提高了的。但是经过一折八扣，总还是很便宜的。为什么不把定价压低，实价出售，而用这种一折八扣的办法呢，大概是投合买书人贪便宜的心理：这差不多等于白给了。

一折八扣书多是供人消遣的笔记小说，如《子不语》《夜雨秋灯录》《续齐谐》等等。但也有文笔好，内容有意思的，如余澹心的《板桥杂记》、冒辟疆的《影梅庵忆语》。也有旧诗词集。我最初读到的《漱玉词》和《断肠词》就是这种一折八扣本。《断肠词》的样子我到现在还记得，封面是砖红色的，一侧画一枝滴下两滴墨水的羽毛笔。一折八扣书都很薄，但也有较厚的，《剑南诗钞》即是相当厚的两本。这书的封面是米黄色的铜版纸，王西神题签。这在一折八扣书中是相当贵的了。

星期天，上午上街，买买东西（毛巾、牙膏、袜子之类），吃一碗脆鳝面或辣油面（我读高中在江阴，江阴的面我以为是做得最好的，真是细若银丝，汤也极好）、几只猪油青韭馅饼（满口清香），到书摊上挑一两本一折八扣书，回校。下午躺在床上吃粉盐豆（江阴的特产），喝白开水，看书，把三角函数、化学分子式暂时都忘在脑后，考试、分数，于我何有哉，这一天实在过得蛮快活。

一折八扣书为什么卖得如此之贱？因为成本低。除了垫出一点纸张油墨，就不须花什么钱。谈不上什么编辑，选一个底本，排印一下就是。大都只是白文，无注释，多数连标点也没有。

我倒希望现在能出这种无前言后记，无注释、评语、考证，只印白文的普及本的书。我不爱读那种塞进长篇大论的前言后记的书，好像被人牵着鼻子走。读了那样板着面孔的前言和啰嗦的后记，常常叫人生气。而且加进这样的东西，书就卖得很贵了。

扫叶山房

扫叶山房是龚半千的斋名，我在南京，曾到清凉山看过其遗址。但这里说的是一家书店。这家书店专出石印线装书，白连史纸，字颇小，但行间加栏，所以看起来不很吃力。所印书大都几册作一部，外加一个蓝布函套。挑选的都是内容比较严肃、有一定学术价值的古籍，这对于置不起善本的想做点学问的读书人是方便的。我不知道这家书店的老板是何许人，但是觉得是个有心人，他也想牟利，但也想做一点于人有益的事。这家书店在什么地方，我不记得了，印象中好像在上海四马路。扫叶山房出的书不少，嘉惠士林，功不可泯。我希望有人调查一下扫叶山房的始末，写一篇报告，这在中国出版史上将是有意思的一笔，虽然是小小的一笔。

我买过一些扫叶山房的书，都已失去。前几年架上有一函《景德镇匋录》，现在也不知去向了。

旧书摊

昆明的旧书店集中在文明街，街北头路西，有几家旧书店。我们和这几家旧书店的关系，不是去买书，倒是常去卖书。这几家旧书店的老板和伙计对于书都不大内行，只要是稍微整齐一点的书，古今中外，文法理工，都要，而且收购的价钱不低。尤其是工具书，拿去，当时就付钱。我在西南联大时，时常断顿，有时日高不起，拥被坠卧。朱德熙看我到快十一点钟还不露面，便知道我午饭还没有着落，于是挟了一本英文字典，走进来，推推我："起来起来，去吃饭！"到了文明街，出脱了字典，两个人便可以吃一顿破酥包子或两碗闷鸡米线，还可以喝二两酒。

工具书里最走俏的是《辞源》。有一个同学发现一家书店的《辞源》的收售价比原价要高出不少，而拐角的商务印书馆的书架就有几十本崭新的《辞源》，于是以原价买到，转身即以高价卖给旧书店。他这种搬运工作干了好几次。

我应当在昆明旧书店也买过几本书，是些什么书，记不得了。

在上海，我短不了逛逛旧书店。有时是陪黄裳去，有时我自己去。也买过几本书。印象真凿的是买过一本英文的《威尼斯商人》。其时大概是想好好学学英文，但这本《威尼斯商人》始终没有读完。

我倒是在地摊上买到过几本好书。我在福煦路一个中学教书，有一个工友，姑且叫他老许吧，他管打扫办公室和教室外面的地面，打开水，还包几个无家的单身教员的伙食。伙食极简便，经常提供的是红烧小黄鱼和炒鸡毛菜。他在校门外还摆了一个书摊。他这书摊是名副其实的"地摊"，连一块板子或油布也没有，书直接平摊在人行道的水泥地上。老许坐于校门内侧，手里做着事，择菜或清除洋铁壶的水碱，一面拿眼睛向地摊上瞟着。我进进出出，总要蹲下来看看他的书。我曾经买过他一些书，——那是和烂纸的价钱差不多的，其中值得纪念的有两本。一本是张岱的《陶庵梦忆》，这本书现在大概还在我家不知哪个角落里。一本在我来说，是很名贵的：万有文库汤显祖评本《董解元西厢记》。我对董西厢一直有偏爱，以为非王西厢所可比。汤显祖的批语包括眉批和每一出的总批，都极精彩。这本书字大，纸厚，汤评是照手书刻印的。汤显祖字似欧阳率更《张翰帖》，秀逸处似陈老莲，极可爱。我未见过临川书真迹，得见此影印刻本，而不禁神往不置。"万有文库"算是什么稀罕版本呢？但在我这个向不藏书的人，是视同珍宝的。这书跟随我多年，约十年前为人借去不还，弄得我想引用汤评时，只能于记忆中得其仿佛，不胜怅怅！

小镇书遇

我戴了"右派"帽子,下放张家口沙岭子劳动。沙岭子是宣化至张家口之间的一个小站,这里有一个镇,本地叫做"堡"(读如"捕")。每遇星期天、节假日,没有什么地方可去,我们就去堡里逛逛。堡里有一个供销社(卖红黑灯芯绒、凤穿牡丹被面、花素直贡呢、动物饼干、果酱面包、油盐酱醋、韭菜花、青椒糊、臭豆腐),一个山货店,一个缝纫社,一个木业生产合作社,一个兽医站。若是逢集,则有一些卖茄子、辣椒、疙瘩白的菜担,一些用绳络网在筐里的小猪秧子。我们就怀了很大的兴趣,看凤穿牡丹被面,看铁锅,看扫帚,看茄子,看辣椒,看猪秧子。

堡里照例还有一个新华书店。充斥于书架上的当然是毛选,此外还有些宣传计划生育的小册子、介绍化肥农药配制的科普书、连环画《智取威虎山》《三打白骨精》。有一天,我去逛书店,忽然在一个书架的最高层发现了几本书:《梦溪笔谈》《容斋随笔》《癸巳类稿》《十驾斋养新录》。我不无激动地搬过一张凳子,把这几册书抽下来,请售货员计价。售货员把我打量了一遍,开了发票。

"你们这个书店怎么会进这样的书?"

"谁知道!也除是你,要不然,这几本书永远不会有人要。"

不久，我结束劳动，派到县上去画马铃薯图谱。我就带了这几本书，还有一套郭茂倩的《乐府诗集》，到沽源去了。白天画图谱，夜晚灯下读书，如此"右派"，当得！

这几本书是按原价卖给我们的，不是廉价书。但这是早先的定价，故不贵。

鸡蛋书

赵树理同志曾希望他的书能在农村的庙会上卖，农民可以拿几个鸡蛋来换。这个理想一直未见实现。用实物换书，有一定困难，因为鸡蛋的价钱是涨落不定的。但是便宜到只值两三个鸡蛋，这样的书原先就有过。

我家在高邮北市口开了一爿中药店万全堂。万全堂的廊下常年摆着一个书摊，两张板凳支三块门板，"书"就一本一本地平放在上面。为了怕风吹跑，用几根削方了的木棍横压着。摊主用一个小板凳坐在一边，神情古朴。这些书都是唱本，封面一色是浅紫色的很薄的标语纸的，上面印了单线的人物画，都与内容有关，左边留出长方的框，印出书名：《薛丁山征西》《三请樊梨花》《李三娘挑水》《孟姜女哭长城》……里面是白色有光纸石印的"文本"，两句之间空一字，念起来不易串行。我曾经跟摊主借阅过。一本"书"一会儿就看完了，因为只有几页，看完一本，再去换。这种唱本几乎千篇一律，开头总是："自从盘古开天地，三皇五帝到如今。"三皇五帝是和什么故事都挨得上的。唱词是没有多大文采的，但却文从字顺，合辙押韵（七字句和十字句）。当中当然有许多不必要的"水词"。老舍先生曾批评旧曲艺有许多不必要的字，如"开言有语叫张生"，"叫张生"就得了嘛，干嘛还要"开言"还"有语"呢？不行啊，不这样就凑不足七个字，而且韵也押不好。这种"水词"在唱本中比比皆是，也自成一种文理。我倒想什么时候有空，专门研究一下曲艺唱本里的"水词"。不是开玩笑，我觉得我们的新诗里所缺乏的正是这种"水词"，字句之间过于拥挤，这是题外话。我读过的唱本最有趣的一本是《王婆骂鸡》。

这种唱本是卖给农民的。农民进城，打了油，撕了布，称了盐，到万全堂买了治牙疼的"过街笑"、治肚子疼的暖脐膏，顺便就到书摊上翻翻，挑两本，放进捎码子，带回去了。

农民拿了这种书，不是看，是要大声念的。会唱"送麒麟""看火戏"的还要打起调子唱。一人唱念，就有不少人围坐静听。自娱娱人，这是家乡农村的重要文化生活。

唱本定价一百二十文左右，与一碗宽汤饺面相等，相当于三个鸡蛋。

这种石印唱本不知是什么地方出的（大概是上海），曲本作者更不知道是什么人。

另外一种极便宜的书是"百本张"的鼓曲段子。这是用毛边纸手抄的，折叠式，不装订，书面写出曲段名，背后有一方长方形的墨印"百本张"的印记（大小如豆腐干）。里面的字颇大，是蹩脚的馆阁体楷书，而皆微扁。这种曲本是在庙会上卖的，我曾在隆福寺买到过几本。后来，就再看不见了。这种唱本的价钱，也就是相当于三个鸡蛋。

附带想到一个问题，北京的鼓词俗曲的资料极为丰富，可是一直没有人认真地研究过。孙楷第先生曾编过俗曲目录，但只是目录而已。事实上这里可研究的东西很多，从民俗学的角度，从北京方言角度，当然也从文学角度，都很值得钻进去，搞十年八年。一般对北京曲段多只重视其文学性，重视罗松窗、韩小窗，对于更俚俗的不大看重。其实有些极俗的曲段。如"阔大奶奶逛庙会""穷大奶奶逛庙会"，单看题目就知道是非常有趣的。车王府有那么多曲本，一直躺在首都图书馆睡觉，太可惜了！

一九八六年七月八日。

谈读杂书

□ 汪曾祺

我读书很杂，毫无系统，也没有目的。随手抓起一本书来就看。觉得没意思，就丢开。我看杂书所用的时间比看文学作品和评论的要多得多。常看的是有关节令风物民俗的，如《荆楚岁时记》《东京梦华录》。其次是方志、游记，如《岭表录异》《岭外代答》。讲草木虫鱼的书我也爱看，如法布尔的《昆虫记》，吴其浚的《植物名实图考》《花镜》。讲正经学问的书，只要写得通达而不迂腐的也很好看，如《癸巳类稿》。《十驾斋养新录》差一点，其中一部分也挺好玩。我也爱读书论、画论。有些书无法归类，如《宋提刑洗冤录》，这是讲验尸的。有些书本身内容就很庞杂，如《梦溪笔谈》《容斋随笔》之类的书，只好笼统地称之为笔记了。

读杂书至少有以下几种好处：第一，这是很好的休息。泡一杯茶懒懒地靠在沙发里，看杂书一册，这比打扑克要舒服得多。第二，可以增长知识，认识世界。我从法布尔的书里知道知了原来是个聋子，从吴其濬的书里知道古诗里的葵就是湖南、四川人现在还吃的冬苋菜，实在非常高兴。第三，可以学习语言。杂书的文字都写得比较随便，比较自然，不是正襟危坐，刻意为文，但自有情致，而且接近口语。一个现代作家从古人学语言，与其苦读《昭明文选》、"唐宋八家"，不如多看杂书。这样较易融入自己的笔下。这是我的一点经验之谈。青年作家，不妨试试。第四，从杂书里可以悟出一些写小说、写散文的道理，尤其是书论和画论。包世臣《艺舟双楫》云："吴兴书笔，专用平顺，一点一画，一字一行，排次顶接而成。古帖字体，大小颇有相径庭者，如老翁携幼孙行，长短参差，而情意真挚，痛痒相关。吴兴书如士人入隘巷，鱼贯徐行，而争先竞后之色，人人见面，安能使上下左右空白有字哉！"他讲的是写字，写小说、散文不也正当如此吗？小说、散文的各部分，应该"情意真挚，痛痒相关"，这样才能做到"形散而神不散"。

书的梦

□ 孙　犁

到市场买东西，也不容易。一要身强体壮，二要心胸宽阔。因为种种原因，我足不入市，已经有很多年了。这当然是因为有人帮忙，去购置那些生活用品。夜晚多梦，在梦里却常常进入市场。在喧嚣拥挤的人群中，我无视一切，直奔那卖书的地方。

远远望去，破旧的书床上好像放着几种旧杂志或旧字帖。顾客稀少，主人态度也很和蔼。但到那里定睛一看，却往往令人失望，毫无所得。

按照弗罗伊德的学说，这种梦境，实际上是幼年或青年时代，残存在大脑皮质上的一种印象的再现。

是的，我梦到的常常是农村的集市景象：在小镇的长街上，有很多卖农具的，卖吃食的，其中偶尔有卖旧书的摊贩。或者，在杂乱放在地下的旧货中间，有几本旧书，它们对我最富有诱惑的力量。

这是因为，在童年时代，常常在集市或庙会上，去光顾那些出售小书的摊贩。他们出卖各种石印的小说、唱本。有时，在戏台附近，还会遇到陈列在地下的，可以白白拿走的，宣传耶稣教义的各种圣徒的小传。

在保定上学的时候，天华市场有两家小书铺，出卖一些新书。在大街上，有一种当时叫做"一折八扣"的廉价书，那是新旧内容的书都有的，印刷当然很劣。

有一回，在紫河套的地摊上，买到一部姚鼐编的《古文辞类纂》，是商务印书馆的铅印大字本，花了一圆大洋。这在我是破天荒的慷慨之举，又买了二尺花布，拿到一家裱画铺去做了一个书套。但保定大街上，就有商务印书馆的分馆，到里面买一部这种新书，所费也不过如此，才知道上了当。

后来又在紫河套买了一本大字的夏曾佑撰写的《中国历史教科书》（就是后来的《中国古代史》），也是商务排印的大字本，共两册。

最后一次逛紫河套，是一九五三年。我路过保定，远千里同志陪我到"马号"吃了一顿童年时爱吃的小馆，又看了"列国"古迹，然后到紫河套。在一家收旧纸的店铺里，远买了一部石印的《李太白集》。这部书，在远去世后，我在他的夫人于雁军同志那里还看见过。

中学毕业以后，我在北平流浪着。后来，在北平市政府当了一名书记。这个书记，是当时公务人员中最低的职位，专事抄写，是一种雇员，随时可以解职的，每月有二十元薪金。在那里，我第一次见到了旧官场、旧衙门的景象。那地方倒很好，后门正好对着北平图书馆。我正在青年，富于幻想，很不习惯这种职业。我常常到图书馆去看书。到北新桥、西单商场、西四牌楼、宣武门外去逛旧书摊。那时买书，是节衣缩食，所购完全是革命的书。我记得买过六期《文学月报》，五期《北斗》杂志，还有其他一些革命文艺期刊，如《奔流》《萌芽》《拓荒者》《世界文化》等。有时就带上这些刊物去"上衙门"。我住在石驸马大街附近，东太平街天仙庵公寓。那里的一位老工友，见我出门，就如此恭维。好在科里都是一些混饭吃、不读书的人，也没人过问。

我们办公的地方，是在一个小偏院的西房。这个屋子里最高的职位，是一名办事员，姓贺。他的办公桌摆在靠窗的地方，而且也只有他的桌子上有块玻璃板。他的对面也是一位办事员，姓李，好像和市长有些瓜葛，人比较文雅。家就住在府右街，他结婚的时候，我随礼去过。

我的办公桌放在西墙的角落里，其实那只是一张破旧的板桌，根本不是办公用的，桌子上也没有任何文具，只堆放着一些杂物。桌子两旁，放了两条破板凳，我对面坐着一位姓方的青年，是破落户子弟。他写得一手好字，只是染上了严重的嗜好。整天坐在那里打盹，睡醒了就和我开句玩笑。

那位贺办事员，好像是南方人，一上班嘴里的话是不断的，他装出领袖群伦的模样，对谁也不冷淡。他见我好看小说，就说他认识张恨水的内弟。

很久我没有事干，也没人分配给我工作。同屋有位姓石的山东人，为人诚实，他告诉我，这种情况并不好，等科长来考勤，对我很不利。他比较老于官场，他说，这是因为朝中无人的缘故。我那时不知此中的利害，还是把书本摆在那里看。

我们这个科是管市民建筑的。市民要修房建房，必须请这里的技术员，去丈量地基，绘制蓝图，看有没有侵占房基线，然后在窗口那里领照。

我们科的一位股长，是一个胖子，穿着蓝绸长衫，和下僚谈话的时候，老是把一只手托在长衫的前襟下面，做撩袍端带的姿态。他当然不会和我说话的。

有一次，我写了一个请假条寄给他。我虽然看过《酬世大观》，在中学也读过陈子展的《应用文》，高中时的国文老师，还常常把他替要人们拟的公文，发给我们当作教材，但我终于在应用时把"等因奉此"的程式用错了。听姓石的说，股长曾拿到我们屋里，朗诵取笑。股长有一个干儿，并不在我们屋里上班，却常常到我们屋里瞎串。这是一个典型的京华恶少，政界小人。他也好把一只手托在长衫下面，不过他的长衫，不是绸的，而是蓝布，并且旧了。有一天，他又拿那件事开我的玩笑，激怒了我，我当场把他痛骂一顿，他就满脸陪笑地走了。

当时我血气方刚，正是一语不合拔剑而起的时候，更何况初入社会，就到了这样一处地方，满腹怨气，无处发作，就对他来了。

我是由志成中学的体育教师介绍到那里工作的。他是当时北方的体育明星，娶了一位宦门小姐。他的外兄是工务局的局长。所以说，我官职虽小，来头还算可以。不到一年，这位局长下台，再加上其他原因，我也就"另候任用"了。

我被免职以后，同事们照例是在东来顺吃一次火锅，然后到娱乐场所玩玩。和我一同免职的，还有一位家在北平附近的人，脸上有些麻子，忘记了他的姓。他是做外勤的，他的为人和他的破旧自行车上的装备，给人一种商人小贩的印象，失业对他是沉重的打击。走在街上，他悄悄地对我说：

"孙兄，你是公子哥儿吧，怎么你一点也不在乎呀！"

我没有回答。我想说：我的精神支柱是书本，他当然是不能领会的。其实，精神支柱也不可靠，我所以不在意，是因为这个职位，实在不值得留恋。另外，我只身一人，这里没有家口，实在不行，我还可以回老家喝粥去。

和同事们告别以后，我又一个人去逛西单商场的书摊。渴望已久的、鲁迅先生翻译的《死魂灵》一书，已经陈列在那里了。用同事们带来的最后一次薪金，购置了这本名著，高高兴兴回到公寓去了。

第二天清晨，挟着这本书，出西直门，路经海淀，到离北平有五、六十里路的黑龙潭，去看望在那里山村小学教书的一个朋友。他是我的同乡，又是中学同学。这人为人热情，对于比他年纪小的同乡同学，情谊很深。到他那里，正是深秋时节，黄叶飘落，潭水清冷，我不断想起曹雪芹在这一带著书的情景。住了两天，我又回到了北平。

我在朝阳大学同学处住几天，又到中国大学同学处住几天。后来，感到肚子有些饿，就写了一首诗，投寄《大公报》的《小公园》副刊。内容是：我要离开这个大城市，回到农村去了。因为我看到：在这里，是一部分人正在输血给另一部分人！

诗被采用，给了五角钱。

整理了一下，在北平一年所得的新书旧书，不过一柳条箱，就回到农村，去教小学了。

我的书籍，一损失于抗日战争之时，已在别一篇文章中略记，一损失于土地改革之时。

我的家庭成分是富农。按照当时党的政策，凡是有人在外参加革命，在政治上稍有照顾。关于书，是属于经济，还是属于政治，这是不好分的。贫农团以为书是钱买来的，这当然也是属于财产，他们就先后拿去了。其实也不看。当时，我们那里的农民，已普遍从八路军那里学会裁纸卷烟。在乡下，纸张较之布片还难得，他们是拿去卷烟了。

这时，我在饶阳县一个小区参加土改工作。大概是冀中区党委所在之地吧，发了一个通知，要各村贫农团，把斗争果实中的书籍，全部上缴小区，由专人负责清查保存。大概因为我是知识分子吧，我们的小区区长，把这个责任交给了我。

书籍也并不太多，堆在一间屋子的地下，而且多是一些古旧破书，可以用来卷烟的已经不多。我因家庭成分不好，又由于"客里空"问题，正在《冀中导报》受到公开批判，谨小慎微，对这些书籍，丝毫不敢染指，全部上缴县委了。

我的受批判，是因为那一篇《新安游记》。是个黄昏，我从端村到新安城墙附近绕了绕，那里地势很洼，有些雾气，我把大街的方向弄错了。回去仓促写了一篇抗日英雄故事，在《冀中导报》发表了。土改时被作为"客里空"典型。

在家乡工作期间，已经没有购买书籍的机会，携带也不方便。如果能遇到书本的话，只是用打游击的方式，走到哪里，就看到哪里。

但也有时得到书。我在蠡县工作时，有一次在县城大集上，从一个地摊上，买到一本商务印书馆出版的，铅印精装的《西厢记》。我带着看了一程子，后来送给蠡县一位书记了。

《冀中导报》在饶阳大张岗设立了一处造纸厂。他们收买一些旧书，用牲口拉的大碾，轧成纸浆。有一间棚子，堆放着旧书。我那时常到这家纸厂吃住。从棚子里，我捡到一本石印的《王圣教》和一本石印的《书谱》。

在河间工作的时候，每逢集日，在一处小树林里，有推着小车贩卖烂纸书本的。有一次，我从车上买到一部初版的《孽海花》。一直保存着，进城后，送给一位新婚燕尔、出国当参赞的同志了。

1979 年 4 月。

我的读书经验

中年人有一种好处，会有人来请教什么什么之类的经验之谈。一个老庶务善于揩油，一个老裁缝善于偷布，一个老官僚善于刮刷，一个老政客善于弄鬼作怪，这些都是新手所钦佩所不得不请教的。好多年以前，上海某中学请了许多学者专家讲什么读书方法读书经验，后来还出一本专集。我约略翻过一下，只记得还是"多读多看多做"那些"好"方法，也就懒得翻下去。现在轮到我来谈什么读书的经验，悔当年不到某中学去听讲，又不把专集仔细看一看；提起笔来，觉得实在没有话可说。

记得四岁时，先父就叫我读书。从《大学》《中庸》读起，

我的读书经验

一直读到《纲鉴易知录》《近思录》；《诗经》统背过九次，《礼记》《左传》念过两遍，只有《尔雅》只念过一遍。要说读经可以救国的话，我该是救国志士的老前辈了。那时候，读经的人并不算少，仍无补于满清的危亡，终于做胜朝的遗民。先父大概也是维新党，光绪三十二年就办起小学来了；虽说小学里有读经的科目，我读完了《近思录》，就读商务印书馆出版的《高等小学图文教科书》；我仿读史的成例，用红笔把那部教科书从头圈到底，以示倾倒爱慕的热忱，还换了先父一顿重手心。我的表弟在一只大柜上读《看图识字》，那上面有彩色图画；趁先父不在的时候，我就抢过来看。不读经而爱圈教科书，不圈教科书而抢看图识字，依痛哭流涕的古主任古直江博士江亢虎的"读经""存文"义法看来，大清国是这样给我们亡了的；我一想起，总觉得有些歉然，所以宣统复辟，我也颇赞成。

先父时常叫我读《近思录》，《近思录》对于他很多不利之处。他平常读《四书》，只是用朱注，《近思录》上有周敦颐、张载、邵雍、程明道、程伊川种种不同的说法，他不能解释为什么同是贤人的话，有那样的不大同；最疑难的，明道和伊川兄弟俩也那样不大同，不知偏向哪一面为是。我现在回想起来，有些地方他是说得非常含糊的。有一件事，他觉得很惊讶：我从《朱文公全集》找到一段朱子说岳飞跋扈不驯的记载，他不知道怎样说才好，既不便说朱子说错，又不便失敬岳武穆，只能含糊了事。有一年，他从杭州买了《王阳明全集》

回来，那更多事了：有些地方，王阳明把朱熹驳得体无完肤，把朱熹的集注统翻过身来，谁是谁非，实在无法下判断。翻看的书愈多，疑问之处愈多，一个十一二岁的小孩已经不大信任朱老夫子了。

我的姑夫陈洪范，他是以善于幻想善于口辩为人们所爱好，亦以此为人们所嘲笑，说他是“白痞”。他告诉我们：“尧舜未必有其人，都是孔子、孟子造出来的。”他说得头头是道，我们很爱听；第二天，我特地去问他，他却又改口否认了。我的另一位同学，姓朱的，他说他的祖先朱 ×× 于太平天国乱事初起时，在广西做知县，“洪大全”的案子是朱 ×× 所捏造的，他还告诉我许多胥吏捏造人证物证的故事。姑夫虽否认孔孟捏造尧舜的话，我却有点相信。

我带着一肚子疑问到杭州省立第一师范去读书，从单不庵师研究一点考证学。我才明白不独朱熹说错，王阳明也说错；不独明道和伊川之间有不同，朱熹的晚年本与中年本亦有不同；不独宋人的说法纷歧百出，汉、魏、晋、唐多代亦纷纭万状；一部经书，可以有打不清的官司。本来想归依朴学，定于一尊，而吴、皖之学又有不同，段、王之学亦有出入；即是一个极小的问题，也不能依违两可，非以批判的态度，便无从接受前人的意见的。姑夫所幻设的孔、孟捏造尧、舜的论议，从康有为《孔子改制考》《新学伪经考》找到有力的证据，而岳武穆跋扈不驯的史实，在马端临《文献通考》得了确证。这才恍然大悟，“前人恃胸臆以为断，其袭取者多谬，而不谬者反在其所弃"（戴东原语）。信古总要上当的。单师不庵读书之博，见闻之广，记忆力之强，足够使我们佩服；他所指示正统派的考证方法和精神，也帮助解决了不少疑难。我对于他的信仰，差不多支持十年之久。

然而幻灭期毕竟到来了。"五四"运动所带来的社会思潮，使我们厌倦于琐碎的考证。胡适的《中国哲学史大纲》带来实证主义的方法，人生问题、社会问题的讨论，带来广大的研究对象，文学哲学社会学等的名著翻译，带来新鲜的学术空气，人人炽燃着知识欲，人人向往于西洋文明。在整理国故方面，梁启超的《中国历史研究法》，顾颉刚的古史讨论，也把从前康有为手中带浪漫气氛的今文学，变成切切实实的新考证学。我们那位姓陈的姑夫，他的幻想不独有康有为证明于前，顾颉刚又定谳于后了。这样，我对于素所尊敬的单不庵师也颇有点怀疑起来。甚而对于戴东原的信仰也大大动摇，渐渐和章实斋相近了。我和单不庵师第二次相处于西湖省立图书馆（民国十六年），这一相处，使我对于他完全失了信仰。他是那样的渊博，却又那样地没有一点自己的见解；读的书很多，从来理不成一个系统。他是和鹤见祐辅所举的亚克敦卿一样，"蚂蚁一般勤劬的学殖，有了那样的教养，度着那么具有余裕的生活，却没有留下一卷传世的书；虽从他的讲义录里，也不能寻出一个创见来。他的生涯中，是缺少着人类最上的力的那创造力的。他就像戈壁的沙漠的吸流水一样，吸收了知识，却并一泓清泉，也不能喷到地上面来"。省立图书馆中还有一位同事——嘉兴陆仲襄先生也是这样的。这可以说是上一代那些读古书的人的共同悲哀。

我有点佩服德国大哲人康德（Kant），他能那样的看了一种书，接受了一个人的见解，又立刻能把那人那书的思想排逐了出去，永远不把别人的思想砖头在自己的周围砌起墙头来。那样博学，又能那样构成自己的哲学体系，真是难能可贵的。

我读了三十年，实在没有什么经验可说。若非说不可，那只能这样：

第一，时时怀疑古人和古书，

第二，有胆量背叛自己的父师，

第三，组织自我的思想系统。

若要我对青年们说一句经验之谈，也只能这样："爱惜精神，莫读古书！"

《文艺丛刊小说选》题记

□ 林徽因

《大公报·文艺副刊》出了一年多，现在要将这第一年中属于创造的短篇小说提出来，选出若干篇，印成单行本供给读者更方便的阅览。这个工作的确该使认真的作者和读者两方面全都高兴。

这里篇数并不多，人数也不多，但是聚在一个小小的选集里也还结实饱满，拿到手里可以使人充满喜悦的希望。

我们不怕读者读过了以后，这燃起的希望或者又会黯下变成失望。因为这失望竟许是不可免的，如果读者对创造界诚恳地抱着很大的理想，心里早就叠着不平常的企望。但只要是读者诚实的反应，我们都不害怕。因为这里是一堆作者老实的成绩，合起来代表一年中创造界一部分的试验，无论拿什么标准来衡量它，断定它的成功或失败，谁也没有一句话说的。

现在姑且以编选人对这多篇作品所得的感想来说，供读者浏览评阅这本选集时一种参考，简单的就是底下的一点意见。

如果我们取鸟瞰的形势来观察这个小小的局面，至少有一个最显著的现象展在我们眼下。在这些作品中，在题材的选择上似乎有个很偏的倾向：那就是趋向农村或少受教育分子或劳力者的生活描写。这倾向并不偶然，说好一点，是我们这个时代对于他们——农人与劳力者——有浓重的同情和关心；说坏一点，是一种盲从趋时的现象。但最公平的说，还是上面的两个原因都有一点关系。描写劳工社会、乡村色彩已成一种风气，且在文艺界也已有一点成绩。初起的作家，或个性不强烈的作家，就容易不自觉的，因袭种种已有眉目的格调下笔。尤其是在我们这时代，青年作家都很难过自己在物质上享用，优越于一般少受教育的民众，便很自然地要认识乡村的穷苦，对偏僻的内地发生兴趣，反倒撇开自己所熟识的生活不写。拿单篇来讲，许多都写得好，还有些特别写得精彩的。但以创造界全盘试验来看，这种偏向表示贫弱，缺乏创造力量。并且为良心的动机而写作，那作品的艺术成分便会发生疑问。我们希望选集在这一点上可以显露出这种创造力的缺乏，或艺术性的不纯真，刺激作家们自己更有个性，更热诚地来刻画这多面错综复杂的人生，不拘泥于任何一个角度。

除却上面对题材的偏向以外，创造文艺的认真却是毫无疑问的。前一时代在流畅文字的烟幕下，刻薄地以讽刺个人博取流行幽默的小说，现已无形地摈出努力创造者的门外，衰灭下去几至绝迹。这个情形实在也值得我们作者和读者额手相庆的好现象。

在描写上，我们感到大多数所取的方式是写一段故事，或以一两人物为中心，或以某地方一桩事发生的始末为主干，单纯地发展与结束。这也是比较薄弱的手法。这个我们疑惑或是许多作者误会了短篇的限制，把它的可能性看得过窄的缘故。生活大胆的断面，这里少有人尝试，剖示贴己生活的矛盾也无多少人认真地来做。这也是我们中间一种遗憾。

至于关于这里短篇技巧的水准，平均的程度，编选人却要不避嫌疑地提出请读者注意。无疑的，在结构上，在描写上，在叙事与对话的分配上，多数作者已有很成熟自然地运用。生涩幼稚和冗长散漫的作品，在新文艺早期中毫无愧色地散见于各种印刷物中，现在已完全敛迹。通篇的连贯，文字的经济，着重点的安排，颜色图画的鲜明，已成为极寻常的标准。在各篇中我们相信读者一定还不会不觉察到那些好处的；为着那些地方就给了编选人以不少愉快和希望。

最后如果不算离题太远，我们还要具体地讲一点我们对于作者与作品的见解。作品最主要处是诚实。诚实的重要还在题材的新鲜、结构的完整、文字的流丽之上。即是作品需诚实于作者客观所明了，主观所体验的生活。小说的情景即使整个是虚构的，内容的情感却全得藉力于迫真的、体验过的情感，毫不能用空洞虚假来支持着伤感的"情节"！所谓诚实并不是作者必需实际的经过在作品中所提到的生活，而是凡在作品中所提到的生活，的确都是作者在理智上所极明了，在感情上极能体验得出的情景或人性。许多人因是自疚生活方式不新鲜，而故意地选择了一些特殊浪漫，而自己并不熟识的生活来做题材，然后敲诈自己有限的幻想力去铺张出自己所没有的情感，来骗取读者的同情。这种创造既浪费文字来夸张虚伪的情景和伤感，那些认真的读者要从文艺里充实生活认识人生的，自然要感到十分的不耐烦和失望的。

生活的丰富不在生存方式的种类多与少，如做过学徒，又拉过洋车，去过甘肃又走过云南，却在客观的观察力与主观的感觉力同时的锐利敏捷，能多面地明了及尝味所见、所听、所遇，种种不同的情景；还得理会到人在生活上互相的关系与牵连；固定的与偶然的中间所起戏剧式的变化；最后更得有自己特殊的看法及思想，信仰或哲学。

一个生活丰富者不在客观的见过若干事物，而在能主观的能激发很复杂、很不同的情感，和能够同情于人性的许多方面的人。

所以一个作者，在运用文字的技术学问外，必需是能立在任何生活上面，能在主观与客观之间，感觉和了解之间，理智上进退有余，情感上横溢奔放，记忆与幻想交错相辅，到了真即是假，假即是真的程度，他的笔下才现着活力真诚。他的作品才会充实伟大，不受题材或文字的影响，而能持久普遍的动人。

这些道理，读者比作者当然还要明白点，所以作品的估价永远操在认真的读者手里，这也是这个选集不得不印书，献与它的公正的评判者的一个原因。

《女神》之时代精神

□ 闻一多

若讲新诗，郭沫若君的诗才配称新呢，不独艺术上他的作品与旧诗词相去最远，最要紧的是他的精神完全是时代的精神——二十世纪底时代的精神。有人讲文艺作品是时代底产儿。《女神》真不愧为时代底一个肖子。

（一）

二十世纪是个动的世纪。这种的精神映射于《女神》中最为明显。《笔立山头展望》最是一个好例——

大都会底脉搏呀！

生底鼓动呀！

打着在，吹着在，叫着在……

喷着在，飞着在，跳着在……

四面的天郊烟幕蒙笼了！

我的心脏呀，快要跳出口来了！

哦哦，山岳底波涛，瓦屋底波涛，

涌着在，涌着在，涌着在，涌着在呀！

万籁共鸣的 Symphorny

自然与人生的婚礼呀！

……

　　恐怕没有别的东西比火车底飞跑同轮船的鼓进（阅《新生》与《笔立山头展望》）再能叫出郭君心里那种压不平的活动之欲罢？再看这一段供招——

　　今天天气甚好，火车在青翠的田畴中急行，好像个勇猛沈毅的少年向着希望弥满的前途努力奋迈的一般。飞！飞！一切青翠的生命，灿烂的光波在我们眼前飞舞。飞！飞！飞！我的自己融化在这个磅礴雄浑的 rhythm 中去了！我同火车全体，大自然全体，完全合而为一了！我凭着车窗望着旋回飞舞着的自然，听着车轮輷輷的进行调，痛快！痛快！……

（《与宗白华书》，《三叶集》一三八页）

这种动的本能是近代文明一切的事业之母，他是近代文明之细胞核。郭沫若底这种特质使他根本上异于我国往古之诗人。比之陶潜之——

结庐在人境，而无车马喧。

一则极端之动，一则极端之静，静到——

心远地自偏。

隐遁遂成一个赘疣的手续了，——于是白居易可以高唱着——

大隐隐朝市。

苏轼也可以笑那"北山猿鹤漫移文"了。

（二）

二十世纪是个反抗的世纪。"自由"底伸张给了我们一个对待权威的利器，因此革命流血成了现代文明底一个特色了。《女神》中这种精神更了如指掌。只看《匪徒颂》里的一些。——

> 一切……革命底匪徒们呀！
> 万岁！万岁！万岁！

那是何等激越的精神，直要骇得金脸的尊者在宝座上发抖了哦。《胜利的死》真是血与泪的结晶：拜伦，康沫尔底灵火又在我们的诗人底胸中烧着了！

> 你暗淡无光的月轮哟！我希望我们这阴莽莽的地
> 球，在这一刹那间，早早同你一样冰化，

啊！这又是何等的疾愤！何等的悲哀！何等的沉痛！——

> 汪洋的大海正在唱着他悲壮的哀歌，
> 穹窿无际的青天已经哭红了他的脸面，

远远的西方，太阳沉没了！——

悲壮的死哟！金光灿烂的死哟！凯旋同等的死哟！胜利的死哟！

兼爱无私的死神！我感谢你哟！你把我敬爱无暨的马克司威尼早早救了！

自由的战士，马克司威尼，你表示出我们人类意志底权威如此伟大！

我感谢你呀！赞美你呀！"自由"从此不死了！

夜幕闭了后的月轮哟！何等光明呀！……

（三）

《女神》底诗人本是一位医学专家。《女神》里富有科学底成分也是无足怪的。况且真艺术与真科学本是携手进行的呢。然而这里又可以见出《女神》里的近代精神了。略微举几个例——

你去，去寻那与我的振动数相同的人；
你去，去寻那与我的燃烧点相等的人。

——《序诗》

否，否。不然！是地球在自转，公转，

——《金字塔》

我是 X 光线底光，

我是全宇宙底 energy 底总量！

——《天狗》

我想我的前身

原本是有用的栋梁，

我活埋在地底多年，

到今朝才得重见天光。

——《炉中煤》

你暗淡无光的月轮哟！……早早同你一样冰化！

——《胜利的死》

至于这些句子像——

我要把我的声带唱破！

——《梅花树下醉歌》

我的一枝枝的神经纤维在身中战栗。

——《夜步十里松原》

还有散见于集中的许多人体上的名词如脑筋、脊髓，血液，呼吸，……更完完全全的是一个西洋的 doctor 底口吻了。

上举各例还不过诗中所运用之科学知识，见于形式上的。至于那讴歌机械底地方更当发源于一种内在的科学精神。在我们的诗人底眼里，轮船的烟筒开着了黑色的牡丹是"近代文明底严母"，太阳是亚波罗坐的摩托车前的明灯；诗人底心同太阳是"一座公司底电灯"；云日更迭的掩映是同探海灯转着一样；火车的飞跑同于"勇猛沉毅的少年"之努力，在他眼里机械已不是一些无声的物具，是有意识有生机如同人神一样，机械底丑恶性已被忽略了；在幻想同感情魔术之下他已穿上美丽的衣裳了呢。

这种伎俩恐怕非一个以科学家兼诗人者不办。因为先要解透了科学，亲近了科学，跟他有了同情，然后才能驯服他于艺术底指挥之下。

（四）

科学底发达使交通底器械将全世界人类底相互关系捆得更紧了。因有史以来世界之大同的色彩没有像今日这样鲜明的，郭沫若底《晨安》便是这种 Cosmopolitanism 底证据了。《匪徒颂》也有同样的原质，但不是那样明显。即如《女神》全集中所用的方言也就有四种了。他所称引的民族，有黄人，有白人，还有"有火一样的心肠"的黑奴。他所运用的地名散满于亚美欧非四大洲。原来这种在西洋文学里不算什么。但同我们的新文学比起来，才见得是个稀少的原质，同我们的旧文学比起来更不用讲是破天荒了。啊！诗人不肯限于国界，却要做世界底一员了；他遂喊道——

晨安！梳人灵魂的晨风呀！

晨风呀！你请把我的声音传到四方去罢！

——《晨安》

（五）

物质文明底结果便是绝望与消极。然而人类底灵魂究竟没有死，在这绝望与消极之中又时时忘不了一种挣扎抖擞底动作。二十世纪是个悲哀与兴奋底世纪。二十世纪是黑暗的世界，但这黑暗是先导黎明的黑暗。二十世纪是死的世界，但这死是预言更生的死。这样便是二十世纪，尤其是二十世纪底中国。

流不尽的眼泪，

洗不净的污浊，

浇不熄的情炎，

荡不去的羞辱。

——《凤凰涅槃》

《女神》之时代精神

不是这位诗人独有的，乃是有生之伦，尤其是青年们所共有的。但别处的青年虽然一样地富有眼泪、污浊、情炎、羞辱，恐怕他们自己觉得并不十分真切。只有现在的中国青年——"五四"后之中国青年，他们的烦恼悲哀真像火一样烧着，潮一样涌着，他们觉得这"冷酷如铁""黑暗如漆""腥秽如血"的宇宙真一秒钟也羁留不得了。他们厌这世界，也厌他们自己。于是急躁者归于自杀，忍耐者力图革新。革新者又觉得意志总敌不住冲动，则抖擞起来，又跌倒下去了。但是他们太溺爱生活了，爱他的甜处，也爱他的辣处。他们决不肯脱逃，也不肯降服。他们的心里只塞满了叫不出的苦，喊不尽的哀。他们的心快塞破了，忽地一个人用海涛底音调，雷霆底声响替他们全盘唱出来了。这个人便是郭沫若，他所唱的就是《女神》。难怪个个中国青年读《女神》没有椎膺顿足同《湘累》里的屈原同声叫道——

哦，好悲切的歌词！唱得我也流起泪来了。

流罢！流罢！我生命底泉水呀！你一流出来，

　好像把我全身底烈火都浇息了的一样。……你这

不可思议的内在的灵泉，你又把我苏活转来了！

啊！现代的青年是血与泪的青年，忏悔与兴奋的青年。《女神》是血与泪的诗，忏悔与兴奋的诗。田汉君在给《女神》之作者的信讲得对："与其说你有诗才，毋宁说你有诗魂，因为

你的诗首首都是你的血，你的泪，你的自叙传，你的忏悔录啊！"但是丹穴山上的香木不只焚毁了诗人底旧形体，并连现时一切的青年底形骸都毁掉了。凤凰底涅槃是一切青年底涅槃。凤凰不是唱道？——

　　　　我们更生了。

　　　　我们更生了。

　　　　一切的一，更生了。

　　　　一的一切，更生了。

　　　　我们便是"他"，他们便是我。

　　　　我中也有你，你中也有我。

　　　　我便是你。

　　　　你便是我。

　　奇怪得很，北社编的《新诗年选》偏取了《死的引诱》作《女神》的代表之一。他们非但不懂读诗，并且不会观人。《女神》底作者岂是那样软弱的消极者吗？

　　　　你去！去在我可爱的青年的兄弟姊妹胸中；
　　　　把他们的心弦拨动，
　　　　把他们的智光点燃罢！

　　　　　　　　　　——《序诗》

假若《女神》里尽是《死的引诱》一类的东西，恐怕兄弟姊妹底心弦都被他割断，智光都被他扑灭了呢！

原来蹈恶犯罪是人之常情。人不怕有罪恶，只怕有罪恶而甘于罪恶，那便终古沉沦于死亡之渊里了。人类的价值在能忏悔，能革新。世界底文化也不过由这一点发生的。忏悔是美德中最美的，他是一切的光明底源头。他是尺蠖的灵魂渴求展伸的表象。

> 唉，泥上的脚印！
>
> 你好像是我灵魂儿的象征！
>
> 你自陷了泥涂，
>
> 你自会受人蹂躏。
>
> 唉，我的灵魂！
>
> 你快登上山顶！
>
> ——《登临》

所以在这里我们的诗人不独喊出了人人心中底热情来，而且喊出人人心中最神圣的一种热情呢！

一九二三年六月三日。

论雅俗共赏

陶渊明有"奇文共欣赏，疑义相与析"的诗句，那是一些"素心人"的乐事，"素心人"当然是雅人，也就是士大夫。这两句诗后来凝结成"赏奇析疑"一个成语，"赏奇析疑"是一种雅事，俗人的小市民和农家子弟是没有份儿的。然而又出现了"雅俗共赏"这一个成语，"共赏"显然是"共欣赏"的简化，可是这是雅人和俗人或俗人跟雅人一同在欣赏，那欣赏的大概不会还是"奇文"罢。这句成语不知道起于什么时代，从语气看来，似乎雅人多少得理会到甚至迁就着俗人的样子，这大概是在宋朝或者更后罢。

原来唐朝的安史之乱可以说是我们社会变迁的一条分水岭。

179

在这之后，门第迅速的垮了台，社会的等级不像先前那样固定了，"士"和"民"这两个等级的分界不像先前的严格和清楚了，彼此的分子在流通着，上下着。而上去的比下来的多，士人流落民间的究竟少，老百姓加入士流的却渐渐多起来。王侯将相早就没有种了，读书人到了这时候也没有种了；只要家里能够勉强供给一些，自己有些天分，又肯用功，就是个"读书种子"；去参加那些公开的考试，考中了就有官做，至少也落个绅士。这种进展经过唐末跟五代的长期的变乱加了速度，到宋朝又加上印刷术的发达，学校多起来了，士人也多起来了，士人的地位加强，责任也加重了。这些士人多数是来自民间的新的分子，他们多少保留着民间的生活方式和生活态度。他们一面学习和享受那些雅的，一面却还不能摆脱或蜕变那些俗的。人既然很多，大家是这样，也就不觉其寒尘；不但不觉其寒尘，还要重新估定价值，至少也得调整那旧来的标准与尺度。"雅俗共赏"似乎就是新提出的尺度或标准，这里并非打倒旧标准，只是要求那些雅士理会到或迁就些俗士的趣味，好让大家打成一片。当然，所谓"提出"和"要求"，都只是不自觉的看来，是自然而然的趋势。

中唐的时期，比安史之乱还早些，禅宗的和尚就开始用口语记录大师的说教。用口语为的是求真与化俗，化俗就是争取群众。安史乱后，和尚的口语记录更其流行，于是乎有了"语录"这个名称，"语录"就成为一种著述体了。到了宋朝，道学家讲学，更广泛的留下了许多语录；他们用语录，也还是为了求真与化俗，还是为了争取群众。所谓求真的"真"，一面是如实和直接的意思。禅家认为第一义是不可说的，语言文字都不能表达那无限的可能，所以是虚妄的。然而实际上语言文字究竟是不免要用的一种"方便"，记录文字自然越近实际的、直接的说话越好。在另一面这"真"又是自然的意思，自然才亲切，才让人容易懂，也就是更能收到化俗的功效，更能获得广大的群众。道学主要的是中国的正统的思想，道学家用了语录做工具，大大的增强了这种新的文体的地位，语录就成为一种传统了。比语录体稍稍晚些，还出现了一种宋朝叫做"笔记"的东西。这种作品记述有趣味的杂事，范围很宽，一方面发表作者自己的意见，所谓议论，也就是批评，这些批评往往也很有趣味。作者写这种书，只当作对客闲谈，并非一本正经，虽然以文言为主，可是很接近说话。这也是给大家看的，看了可以当作"谈助"，增加趣味。宋朝的笔记最发达，当时盛行，流传下来的也很多。目录家将这种笔记归在"小说"项下，近代书店汇印这些笔记，更直题为"笔记小说"；中国古代所谓"小说"，原是指记述杂事的趣味作品而言的。

那里我们得特别提到唐朝的"传奇"。"传奇"据说可以见出作者的"史才、诗笔、议论"，是唐朝士子在投考进士以前用来送给一些大人先生看，介绍自己，求他们给自己宣传的。其中不外乎灵怪、艳情、剑侠三类故事，显然是以供给"谈助"，引起趣味为主。无论照传统的意念，或现代的意念，这些"传奇"无疑的是小说，一方面也和笔记的写作态度有相类之处。

照陈寅恪先生的意见，这种"传奇"大概起于民间，文士是仿作，文字里多口语化的地方。陈先生并且说唐朝的古文运动就是从这儿开始。他指出古文运动的领导者韩愈的《毛颖传》，正是仿"传奇"而作。我们看韩愈的"气盛言宜"的理论和他的参差错落的文句，也正是多多少少在口语化。他的门下的"好难""好易"两派，似乎原来也都是在试验如何口语化。可是"好难"的一派过分强调了自己，过分想出奇制胜，不管一般人能够了解欣赏与否，终于被人看作"诡"和"怪"而失败，于是宋朝的欧阳修继承了"好易"的一派的努力而奠定了古文的基础。——以上说的种种，都是安史乱后几百年间自然的趋势，就是那雅俗共赏的趋势。

宋朝不但古文走上了"雅俗共赏"的路，诗也走向这条路。胡适之先生说宋诗的好处就在"做诗如说话"，一语破的指出了这条路。自然，这条路上还有许多曲折，但是就像不好懂的黄山谷，他也提出了"以俗为雅"的主张，并且点化了许多俗语成为诗句。实践上"以俗为雅"，并不从他开始，梅圣俞、苏东坡都是好手，而苏东坡更胜。据记载梅和苏都说过"以俗为雅"这句话，可是不大靠得住；黄山谷却在《再次杨明叔韵》一诗的"引"里郑重的提出"以俗为雅，以故为新"，说是"举一纲而张万目"。他将"以俗为雅"放在第一，因为这实在可以说是宋诗的一般作风，也正是"雅俗共赏"的路。但是加上"以故为新"，路就曲折起来，那是雅人自赏，黄山谷所以终于不好懂了。不过黄山谷虽然不好懂，宋诗却终于回到了"做诗如说话"的路，这"如说话"，的确是条大路。

雅化的诗还不得不回向俗化，刚刚来自民间的词，在当时不用说自然是"雅俗共赏"的。别瞧黄山谷的有些诗不好懂，他的一些小词可够俗的。柳耆卿更是个通俗的词人。词后来虽然渐渐雅化或文人化，可是始终不能雅到诗的地位，它怎么着也只是"诗馀"。词变为曲，不是在文人手里变，是在民间变的；曲又变得比词俗，虽然也经过雅化或文人化，可是还雅不到词的地位，它只是"词馀"。一方面从晚唐和尚的俗讲演变出来的宋朝的"说话"就是说书，乃至后来的平话以及章回小说，还有宋朝的杂剧和诸宫调等等转变成功的元朝的杂剧和戏文，乃至后来的传奇，以及皮簧戏，更多半是些"不登大雅"的"俗文学"。这些除元杂剧和后来的传奇也算是"词馀"以外，在过去的文学传统里简直没有地位；也就是说这些小说和戏剧在过去的文学传统里多半没有地位，有些有点地位，也不是正经地位。可是虽然俗，大体上却"俗不伤雅"，虽然没有什么地位，却总是"雅俗共赏"的玩艺儿。

"雅俗共赏"是以雅为主的，从宋人的"以俗为雅"以及常语的"俗不伤雅"，更可见出这种宾主之分。起初成群俗士蜂拥而上，固然逼得原来的雅士不得不理会到甚至迁就着他们的趣味，可是这些俗士需要摆脱的更多。他们在学习，在享受，也在蜕变，这样渐渐适应那雅化的传统，于是乎新旧打成一片，传统多多少少变了质继续下去。前面说过的文体和诗风的种种改变，就是新旧双方调整的过程，结果迁就的渐渐不觉其为迁就，学习的也渐渐习惯成了自然，传统的确稍稍变了质，但是还是文言或雅言为主，就算跟民众近了一些，近得也不太多。

至于词曲，算是新起于俗间，实在以音乐为重，文辞原是无关轻重的；"雅俗共赏"，正是那音乐的作用。后来雅士们也曾分别将那些文辞雅化，但是因为音乐性太重，使他们不能完成那种雅化，所以词曲终于不能达到诗的地位。而曲一直配合着音乐，雅化更难，地位也就更低，还低于词一等。可是词曲到了雅化的时期，那"共赏"的人却就雅多而俗少了。真正"雅俗共赏"的是唐、五代、北宋的词，元朝的散曲和杂剧，还有平话和章回小说以及皮簧戏等。皮簧戏也是音乐为主，大家直到现在都还在哼着那些粗俗的戏词，所以雅化难以下手，虽然一二十年来这雅化也已经试着在开始。平话和章回小说，传统里本来没有，雅化没有合式的榜样，进行就不易。《三国演义》虽然用了文言，却是俗化的文言，接近口语的文言，后来的《水浒》《西游记》《红楼梦》等就都用白话了。不能完全雅化的作品在雅化的传统里不能有地位，至少不能有正经的地位。雅化程度的深浅，决定这种地位的高低或有没有，一方面也决定"雅俗共赏"的范围的小和大——雅化越深，"共赏"的人越少，越浅也就越多。所谓多少，主要的是俗人，是小市民和受教育的农家子弟。在传统里没有地位或只有低地位的作品，只算是玩艺儿；然而这些才接近民众，接近民众却还能叫"雅俗共赏"，雅和俗究竟有共通的地方，不是不相理会的两橛了。

单就玩艺儿而论，"雅俗共赏"虽然是以雅化的标准为主，"共赏"者却以俗人为主。固然，这在雅方得降低一些，在俗方也得提高一些，要"俗不伤雅"才成；雅方看来太俗，以至于"俗不可耐"的，是不能"共赏"的。但是在什么条件之下才会让俗人所"赏"的，雅人也能来"共赏"呢？我们想起了"有目共赏"这句话。孟子说过"不知子都之姣者，无目者也"，"有目"是反过来说，"共赏"还是陶诗"共欣赏"的意思。子都的美貌，有眼睛的都容易辨别，自然也就能"共赏"了。孟子接着说："口之于味也，有同嗜焉；耳之于声也，有同听焉；目之于色也，有同美焉。"这说的是人之常情，也就是所谓人情不相远。但是这不相远似乎只限于一些具体的、常识的、现实的事物和趣味。譬如北平罢，故宫和颐和园，包括建筑、风景和陈列的工艺品，似乎是"雅俗共赏"的，天桥在雅人的眼中似乎就有些太俗了。说到文章，俗人所能"赏"的也只是常识的，现实的。后汉的王充出身是俗人，他多多少少代表俗人说话，反对难懂而不切实用的辞赋，却赞美公文能手。公文这东西关系雅俗的现实利益，始终是不曾完全雅化了的。再说后来的小说和戏剧，有的雅人说《西厢记》诲淫，《水浒传》诲盗，这是"高论"。实际上这一部戏剧和这一部小说都是"雅俗共赏"的作品。《西厢记》无视了传统的礼教，《水浒传》无视了传统的忠德，然而"男女"是"人之大欲"之一，"官逼民反"，也是人之常情，梁山泊的英雄正是被压迫的人民所想望的。俗人固然同情这些，一部分的雅人，跟俗人相距还不太远的，也未尝不高兴这两部书说出了他们想说而不敢说的。这可以说是一种快感，一种趣味，可并不是低级趣味；这是有关系的，也未尝不是有节制的。"诲淫""诲盗"只是代表统治者的利益的说话。

十九世纪二十世纪之交是个新时代，新时代给我们带来了新文化，产生了我们的知识阶级。这知识阶级跟从前的读书人不大一样，包括了更多的从民间来的分子，他们渐渐跟统治者拆伙而走向民间。于是乎有了白话正宗的新文学，词曲和小说戏剧都有了正经的地位。还有种种欧化的新艺术。这种文学和艺术却并不能让小市民来"共赏"，不用说农工大众。于是乎有人指出这是新绅士也就是新雅人的欧化，不管一般人能够了解欣赏与否。他们提倡"大众语"运动。但是时机还没有成熟，结果不显著。抗战以来又有"通俗化"运动，这个运动并已经在开始转向大众化。"通俗化"还分别雅俗，还是"雅俗共赏"的路，大众化却更进一步要达到那没有雅俗之分，只有"共赏"的局面。这大概也会是所谓由量变到质变罢。

一九四七年十月二十六日作。

论百读不厌

　　前些日子参加了一个讨论会，讨论赵树理先生的《李有才板话》。座中一位青年提出了一件事实：他读了这本书觉得好，可是不想重读一遍。大家费了一些时候讨论这件事实。有人表示意见，说不想重读一遍，未必减少这本书的好，未必减少它的价值。但是时间匆促，大家没有达到明确的结论。一方面似乎大家也都没有重读过这本书，并且似乎从没有想到重读它。然而问题不但关于这一本书，而是关于一切文艺作品。为什么一些作品有人"百读不厌"，另一些却有人不想读第二遍呢？是作品的不同吗？是读的人不同吗？如果是作品不同，"百读不厌"是不是作品评价的一个标准呢？这些都值得我们思

187

索一番。

苏东坡有《送章惇秀才失解西归》诗，开头两句是：

> 旧书不厌百回读，
>
> 熟读深思子自知。

"百读不厌"这个成语就出在这里。"旧书"指的是经典，所以要"熟读深思"。《三国志·魏志·王肃传·注》：

> 人有从（董遇）学者，遇不肯教，而云"必当先读百遍"，言"读书百遍而意自见"。

经典文字简短，意思深长，要多读，熟读，仔细玩味，才能了解和体会。所谓"意自见"，"子自知"，着重自然而然，这是不能着急的。这诗句原是安慰和勉励那考试失败的章惇秀才的话，劝他回家再去安心读书，说"旧书"不嫌多读，越读越玩味越有意思。固然经典值得"百回读"，但是这里着重的还在那读书的人。简化成"百读不厌"这个成语，却就着重在读的书或作品了。这成语常跟另一成语"爱不释手"配合着，在读的时候"爱不释手"，读过了以后"百读不厌"。这是一种赞词和评语，传统上确乎是一个评价的标准。当然，"百读"只是"重读""多读""屡读"的意思，并不一定一遍接着一遍的读下去。

经典给人知识，教给人怎样做人，其中有许多语言的、历史的、修养的课题，有许多注解，此外还有许多相关的考证，读上百遍，也未必能够处处贯通，教人多读是有道理的。但是后来所谓"百读不厌"，往往不指经典而指一些诗，一些文，以及一些小说；这些作品读起来津津有味，重读、屡读也不腻味，所以说"不厌"；"不厌"不但是"不讨厌"，并且是"不厌倦"。诗文和小说都是文艺作品，这里面也有一些语言的和历史的课题，诗文也有些注解和考证；小说方面呢，却直到近代才有人注意这些课题，于是也有了种种考证。但是过去一般读者只注意诗文的注解，不大留心那些课题，对于小说更其如此。他们集中在本文的吟诵或浏览上。这些人吟诵诗文是为了欣赏，甚至于只为了消遣，浏览或阅读小说更只是为了消遣，他们要求的是趣味，是快感。这跟诵读经典不一样。诵读经典是为了知识，为了教训，得认真，严肃，正襟危坐的读，不像读诗文和小说可以马马虎虎的，随随便便的，在床上，在火车轮船上都成。这么着可还能够教人"百读不厌"，那些诗文和小说到底是靠了什么呢？

在笔者看来，诗文主要是靠了声调，小说主要是靠了情节。过去一般读者大概都会吟诵，他们吟诵诗文，从那吟诵的声调或吟诵的音乐得到趣味或快感，意义的关系很少；只要懂得字面儿，全篇的意义弄不清楚也不要紧的。梁启超先生说过李义山的一些诗，虽然不懂得究竟是什么意思，可是读起来还是很有趣味（大意）。这种趣味大概一部分在那些字面儿的影像上，

论百读不厌

189

一部分就在那七言律诗的音乐上。字面儿的影像引起人们奇丽的感觉；这种影像所表示的往往是珍奇、华丽的景物，平常人不容易接触到的，所谓"七宝楼台"之类。民间文艺里常常见到的"牙床"等等，也正是这种作用。民间流行的小调以音乐为主，而不注重词句，欣赏也偏重在音乐上，跟吟诵诗文也正相同。感觉的享受似乎是直接的，本能的，即使是字面儿的影像所引起的感觉，也还多少有这种情形，至于小调和吟诵，更显然直接诉诸听觉，难怪容易唤起普遍的趣味和快感。至于意义的欣赏，得靠综合诸感觉的想像力，这个得有长期的教养才成。然而就像教养很深的梁启超先生，有时也还让感觉领着走，足见感觉的力量之大。

小说的"百读不厌"，主要的是靠了故事或情节。人们在儿童时代就爱听故事，尤其爱奇怪的故事。成人也还是爱故事，不过那情节得复杂些。这些故事大概总是神仙、武侠、才子、佳人，经过种种悲欢离合，而以大团圆终场。悲欢离合总得不同寻常，那大团圆才足奇。小说本来起于民间，起于农民和小市民之间。在封建社会里，农民和小市民是受着重重压迫的，他们没有多少自由，却有做白日梦的自由。他们寄托他们的希望于超现实的神仙，神仙化的武侠，以及望之若神仙的上层社会的才子佳人；他们希望有朝一日自己会变成了这样的人物。这自然是不能实现的奇迹，可是能够给他们安慰、趣味和快感。他们要大团圆，正因为他们一辈子是难得大团圆的，奇情也正是常情啊。他们同情故事中的人物，"设身处地"地"替古人担忧",这也因为事奇人奇的缘故。过去的小说似乎始终没有完全移交到士大夫的手里。士大夫读小说,只是看闲书,就是作小说,也只是游戏文章,总而言之,消遣而已。他们得化装为小市民来欣赏,来写作;在他们看,小说奇于事实,只是一种玩艺儿,所以不能认真、严肃,只是消遣而已。

封建社会渐渐垮了,"五四"时代出现了个人,出现了自我,同时成立了新文学。新文学提高了文学的地位;文学也给人知识,也教给人怎样做人,不是做别人的,而是做自己的人。可是这时候写作新文学和阅读新文学的,只是那变了质的下降的士和那变了质的上升的农民和小市民混合成的知识阶级,别的人是不愿来或不能来参加的。而新文学跟过去的诗文和小说不同之处,就在它是认真的负着使命。早期的反封建也罢,后来的反帝国主义也罢,写实的也罢,浪漫的和感伤的也罢,文学作品总是一本正经的在表现着并且批评着生活。这么着文学扬弃了消遣的气氛,回到了严肃——古代贵族的文学如《诗经》,倒本来是严肃的。这负着严肃的使命的文学,自然不再注重"传奇",不再注重趣味和快感,读起来也得正襟危坐,跟读经典差不多,不能再那么马马虎虎,随随便便的。但是究竟是形象化的,诉诸情感的,跟经典以冰冷的抽象的理智的教训为主不同,又是现代的白话,没有那些语言的和历史的问题,所以还能够吸引许多读者自动去读。不过教人"百读不厌"甚至教人想去重读一遍的作品,的确是很少了。

新诗或白话诗,和白话文,都脱离了那多多少少带着人工的、音乐的声调，而用着接近说话的声调。喜欢古诗、律诗和骈文、古文的失望了，他们尤其反对这不能吟诵的白话新诗；因为诗出于歌，一直不曾跟音乐完全分家，他们是不愿扬弃这个传统的。然而诗终于转到意义中心的阶段了。古代的音乐是一种说话，所谓"乐语"，后来的音乐独立发展，变成"好听"为主了。现在的诗既负上自觉的使命，它得说出人人心中所欲言而不能言的，自然就不注重音乐而注重意义了。——一方面音乐大概也在渐渐注重意义，回到说话罢？——字面儿的影像还是用得着，不过一般的看起来，影像本身，不论是鲜明的、朦胧的，可以独立的诉诸感觉的，是不够吸引人了；影像如果必需得用，就要配合全诗的各部分完成那中心的意义，说出那要说的话。在这动乱时代，人们着急要说话，因为要说的话实在太多。小说也不注重故事或情节了，它的使命比诗更见分明。它可以不靠描写，只靠对话，说出所要说的。这里面神仙、武侠、才子、佳人，都不大出现了，偶然出现，也得打扮成平常人；是的，这时代的小说的人物，主要的是些平常人了，这是平民世纪啊。至于文，长篇议论文发展了工具性，让人们更如意地也更精密地说出他们的话，但是这已经成为诉诸理性的了。诉诸情感的是那发展在后的小品散文，就是那标榜"生活的艺术"，抒写"身边琐事"的。这倒是回到趣味中心，企图着教人"百读不厌"的，确乎也风行过一时。然而时代太紧张了，不容许人们那么悠闲；大家嫌小品文近乎所谓"软性"，丢下了它去找那"硬性"的东西。

文艺作品的读者变了质了，作品本身也变了质了，意义和使命压下了趣味，认识和行动压下了快感。这也许就是所谓"硬"的解释。"硬性"的作品得一本正经的读，自然就不容易让人"爱不释手"，"百读不厌"。于是"百读不厌"就不成其为评价的标准了，至少不成其为主要的标准了。但是文艺是欣赏的对象，它究竟是形象化的，诉诸情感的，怎么"硬"也不能"硬"到和论文或公式一样。诗虽然不必再讲那带几分机械性的声调，却不能不讲节奏，说话不也有轻重高低快慢吗？节奏合式，才能集中，才能够高度集中。文也有文的节奏，配合着意义使意义集中。小说是不注重故事或情节了，但也总得有些契机来表现生活和批评它；这些契机得费心思去选择和配合，才能够将那要说的话，要传达的意义，完整的说出来，传达出来。集中了的完整了的意义，才见出情感，才让人乐意接受，"欣赏"就是"乐意接受"的意思。能够这样让人欣赏的作品是好的，是否"百读不厌"，可以不论。在这种情形之下，笔者同意：《李有才板话》即使没有人想重读一遍，也不减少它的价值，它的好。

但是在我们的现代文艺里，让人"百读不厌"的作品也有的。例如鲁迅先生的《阿Q正传》，茅盾先生的《幻灭》《动摇》《追求》三部曲，笔者都读过不止一回，想来读过不止一回的人该不少罢。在笔者本人，大概是《阿Q正传》里的幽默和三部曲里的几个女性吸引住了我。这几个作品的好已经定论，它们的意义和使命大家也都熟悉，这里说的只是它们让笔者

"百读不厌"的因素。《阿Q正传》主要的作用不在幽默，那三部曲的主要作用也不在铸造几个女性，但是这些却可能产生让人"百读不厌"的趣味。这种趣味虽然不是必要的，却也可以增加作品的力量。不过这里的幽默决不是油滑的，无聊的，也决不是为幽默而幽默，而女性也决不就是色情，这个界限是得弄清楚的。抗战期中，文艺作品尤其是小说的读众大大的增加了。增加的多半是小市民的读者，他们要求消遣，要求趣味和快感。扩大了的读众，有着这样的要求也是很自然的。长篇小说的流行就是这个要求的反应，因为篇幅长，故事就长，情节就多，趣味也就丰富了。这可以促进长篇小说的发展，倒是很好的。可是有些作者却因为这样的要求，忘记了自己的边界，放纵到色情上，以及粗劣的笑料上，去吸引读众，这只是迎合低级趣味。而读者贪读这一类低级的软性的作品，也只是沉溺，说不上"百读不厌"。"百读不厌"究竟是个赞词或评语，虽然以趣味为主，总要是纯正的趣味才说得上的。

一九四七年十月十日作。

论老实话

□ 朱自清

美国前国务卿贝尔纳斯退职后写了一本书，题为《老实话》。这本书中国已经有了不止一个译名，或作《美苏外交秘录》，或作《美苏外交内幕》，或作《美苏外交纪实》，"秘录""内幕"和"纪实"都是"老实话"的意译。前不久笔者参加一个宴会，大家谈起贝尔纳斯的书，谈起这个书名。一个美国客人笑着说："贝尔纳斯最不会说老实话！"大家也都一笑。贝尔纳斯的这本书是否说的全是"老实话"，暂时不论，他自题为《老实话》，以及中国的种种译名都含着"老实话"的意思，却可见无论中外，大家都在要求着"老实话"。贝尔纳斯自题这样一个书名，想来是表示他在做国务卿办外交的时候有许多话不便"老实说",现在是自由了,无官一身轻了,不妨"老实说"了——原名直译该是《老实说》,还不是《老实话》。但是他现在真能自由的"老实说",真肯那么的"老实说"吗?——那位美国客人的话是有他的理由的。

无论中外,也无论古今,大家都要求"老实话",可见"老实话"是不容易听到见到的。大家在知识上要求真实,他们要知道事实,寻求真理。但是抽象的真理,打破沙缸问到底,有的说可知,有的说不可知,至今纷无定论,具体的事实却似乎或多或少总是可知的。况且照常识上看来,总是先有事后才有理,而在日常生活里所要应付的也都是些事,理就包含在其中,在应付事的时候,理往往是不自觉的。因此强调就落到了事实上。常听人说"我们要明白事实的真相",既说"事实",又说"真相",叠床架屋,正是强调的表现。说出事实的真相,就是"实话"。买东西叫卖的人说"实价",问口供叫犯人"从实招来",都是要求"实话"。人与人如此,国与国也如此。有些时事评论家常说美苏两强若是能够肯老实说出两国的要求是些什么东西,再来商量,世界的局面也许能够明朗化。可是又有些评论家认为两强的话,特别是苏联方面的,说的已经够老实了,够明朗化了。的确,自从去年维辛斯基在联合国大会上指名提出了"战争贩子"以后,美苏两强的话是越来越老实了,但是明朗化似乎还未见其然。

人们为什么不能不肯说实话呢?归根结蒂,关键是在利害的冲突上。自己说出实话,让别人知道自己的虚实,容易制自己。就是不然，让别人知道底细，也容易比自己抢先一着。在这个分配不公平的世界上，生活好像战争，往往是有你无我；因此各人都得藏着点儿自己，让人莫名其妙。于是乎勾心斗角，捉迷藏，大家在不安中猜疑着。向来有句老话，"知人知面不知心"，还有，"逢人只说三分话，未可全抛一片心"，这种处世的格言正是教人别说实话，少说实话，也正是暗示那利害的冲突。我有人无，我多人少，我强人弱，说实话恐怕人来占我的便宜；强的要越强，多的要越多，有的要越有。我无人有，我少人多，我弱人强，说实话也恐怕人欺我不中用；弱的想变强，少的想变多，无的想变有。人与人如此，国与国又何尝不如此！

说到战争，还有句老实话，"兵不厌诈"！真的交兵"不厌诈"，勾心斗角，捉迷藏，耍花样，也正是个"不厌诈"！"不厌诈"，就是越诈越好，从不说实话少说实话大大的跨进了一步；于是乎模糊事实，夸张事实，歪曲事实，甚至于捏造事实！于是乎种种谎话，应有尽有，你想我是骗子，我想你是骗子。这种情形，中外古今大同小异，因为分配老是不公平，利害也老在冲突着。这样可也就更要求实话，老实话。老实话自然是有的，人们没有相当限度的互信，社会就不成其为社会了。但是实话总还太少，谎话总还太多，社会的和谐恐怕还远得很罢。不过谎话虽然多，全然出于捏造的却也少，因为不容易使人信。麻烦的是谎话里掺实话，实话里掺谎话——巧妙可也在这儿。日常的话多多少少是两掺的，人们的互信就建立在这种两掺的话上，人们的猜疑可也发生在这两掺的话上。即如贝尔纳斯自己标榜的"老实话"，他的同国的那位客人就怀疑他在用好名字骗人。我们这些常人谁能知道他的话老实或不老实到什么程度呢？

人们在情感上要求真诚，要求真心真意，要求开诚相见或诚恳的态度。他们要听"真话"，"真心话"，心坎儿上的，不是嘴边儿上的话。这也可以说是"老实话"。但是"心口如一"向来是难得的，"口是心非"恐怕大家有时都不免，读了奥尼尔的《奇异的插曲》就可恍然。"口蜜腹剑"却真成了小人。真话不一定关于事实，主要的是态度。可是，如前面引过的，"知人知面不知心"，不看什么人就掏出自己的心肝来，人家也许还嫌血腥气呢！所以交浅不能言深，大家一见面儿只谈天气，就是这个道理。所谓"推心置腹"，所谓"肺腑之谈"，总得是二三知己才成；若是泛泛之交，只能敷敷衍衍，客客气气，说一些不相干的门面话。这可也未必就是假的，虚伪的。他至少眼中有你。有些人一见面冷冰冰的，拉长了面孔，爱理人不理人的，可以算是"真"透了顶，可是那份儿过了火的"真"，有几个人受得住！本来彼此既不相知，或不深知，相干的话也无从说起，说了反容易出岔儿，乐得远远儿的，淡淡儿的，慢慢儿的，不过就是彼此深知，像夫妇之间，也未必处处可以说真话。"人心不同，各如其面"，一个人总有些不愿意教别人知道的秘密，若是不顾忌着些个，怎样亲爱的也会碰钉子的。真话之难，就在这里。

真话虽然不一定关于事实，但是谎话一定不会是真话。假话却不一定就是谎话，有些甜言蜜语或客气话，说得过火，我们就认为假话，其实说话的人也许倒并不缺少爱慕与尊敬。存心骗人，别有作用，所谓"口蜜腹剑"的，自然当作别论。真话又是认真的话，玩话不能当作真话。将玩话当真话，往往闹别扭，即使在熟人甚至亲人之间。所以幽默感是可贵的。真话未必是好听的话，所谓"苦口良言""药石之言""忠言""直言"，往往是逆耳的，一片好心往往倒得罪了人。可是人们又要求"直言"，专制时代"直言极谏"是选用人才的一个科目，甚至现在算命看相的，也还在标榜"铁嘴"，表示直说，说的是真话，老实话。但是这种"直言""直说"大概是不至于刺耳至少也不至于太刺耳的。又是"直言"，又不太刺耳，岂不两全其美吗！不过刺耳也许还可忍耐，刺心却最难宽恕；直说遭怨，直言遭忌，就为刺了别人的心——小之被人骂为"臭嘴"，大之可以杀身。所以不折不扣的"直言极谏"之臣，到底是寥寥可数的。直言刺耳，进而刺心，简直等于相骂，自然会叫人生气，甚至于翻脸。反过来，生了气或翻了脸，骂起人来，冲口而出，自然也多直言，真话，老实话。

人与人是如此，国与国在这里却不一样。国与国虽然也讲友谊，和人与人的友谊却不相当，亲谊更简直是没有。这中间没有爱，说不上"真心"，也说不上"真话""真心话"。倒是不缺少客气话，所谓外交辞令；那只是礼尚往来，彼此表示尊敬而已。还有，就是条约的语言，以利害为主，有些是互惠，更多是偏惠，自然是弱小吃亏。这种条约倒是"实话"，所以有时得有秘密条款，有时更全然是密约。条约总说是双方同意的，即使只有一方是"欣然同意"。不经双方同意而对一方有所直言，或彼此相对直言，那就往往是谴责，也就等于相骂。像去年联合国大会以后的美苏两强，就是如此。话越说得老实，也就越尖锐化，当然，翻脸倒是还不至于的。这种老实话一方面也是宣传。照一般的意见，宣传决不会是老实话。然而美苏两强互相谴责，其中的确有许多老实话，也的确有许多人信这一方或那一方，两大阵营对垒的形势因此也越见分明，世界也越见动荡。这正可见出宣传的力量。宣传也有各等各样。毫无事实的空头宣传，不用说没人信；有事实可也掺点儿谎，就有信的人。因为有事实就有自信，有自信就能多多少少说出些真话，所以教人信。自然，事实越多越分明，信的人也就越多。但是有宣传，也就有反宣传，反宣传意在打消宣传。判断当然还得凭事实。不过正反错综，一般人眼花缭乱，不胜其麻烦，就索性一句话抹杀，说一切宣传都是谎！可是宣传果然都是谎，宣传也就不会存在了，所以还当分别而论。即如贝尔纳斯将他的书自题为《老实说》或《老实话》，那位美国客人就怀疑他在自我宣传；但是那本书总不能够全是谎罢？一个人也决不能够全靠撒谎而活下去，因为那么着他就掉在虚无里，就没了。

一九四八年二月二十四日作。

《清华园日记》里的朱自清

□ 陈　武

　　《清华园日记》是浦江清在清华大学担任教职时的一本日记，日记所记，涉及当时清华大学许多教授以及和浦江清有交往的社会名人。该日记分两部分，第一部分是从 1928 年至 1936 年，时记时断。第二部分是从 1948 年至 1949 年。本篇只介绍第一部分里对朱自清的有关记录。

　　浦江清老家江苏松江县（今上海市），出生于 1904 年，小学和中学都在松江，毕业于东南大学西洋文学系。毕业后，到清华大学任陈寅恪的助教，时间是在 1926 年。到了 1929 年转入清华大学中国文学系任教。浦江清进入清华，比朱自清晚上一年。朱自清大学毕业后，一直在江浙沪一带的中学教书，漂泊不定，生活贫困，在给好友俞平伯的信中，流露出想去北京谋职的信息。1925 年暑假期间，清华学校设立大学部，请胡适推荐教授。胡适推荐了他的学生俞平伯。俞平伯恋家，不想出城教书，正好知道朱自清想脱离南方的中学，便向胡适推荐了朱自清。朱自清在北京的这段时间里，一直住在俞平伯家，直到 1925 年 9 月 1 日由俞家移住清华中文部教员宿舍古月堂六号。9 月 4 日写信给胡适，感谢胡的推荐。9 月 9 日开学后，教李杜诗等课。至此，朱自清开始了终身服务于清华的历程。

浦江清的《清华园日记》始记于 1928 年 1 月 1 日至 1936 年 1 月 30 日，为第一阶段，记述他和朱自清的交往，主要在这一时间的日记里。后来还有《西行日记》。到了 1948 年 12 月 12 日他恢复记日记时，朱自清已经逝世了。

浦江清日记里第一次出现朱自清，是在 1928 年 1 月 22 日，日记云："斐云招余至其家吃年夜饭。是晚客仅余及王以中君、朱佩弦君及斐云夫人之姊张女士四人。"斐云即赵万里，王以中就是王庸。赵万里是浙江海宁人，出生于 1905 年，毕业于东南大学中文系，其时任清华大学国学研究院助教。王庸是江苏无锡人，出生于 1900 年，1919 年入南京两江高等师范读书，1928 年清华国学研究院毕业后留校任教。其时是旧历除夕，当时民国政府废除旧历制，提倡新生活，但民间还会在这一天过节。赵万里新婚不久，请朋友吃饭，朱、浦、王都是同事，特别是朱自清，其时已经是有名的作家，和赵万里又是朋友，早在 1926 年 5 月 30 日，朱自清就邀请赵万里午宴，同席的还有顾颉刚等人，饭后，还和顾颉刚、赵万里等人看了圆明园遗址。1928年的清华大学，和往年大不一样，民国政府决议改清华学校为国立清华大学，罗家伦为校长，杨振声担任文学院长兼中国文学系主任。杨振声和朱自清是北京大学前后届的同学，特别器重朱自清，一到任，就和朱自清商量中文系的草创工作。杨振声在《纪念朱自清先生》一文里，回忆了1928年和此前清华大学中文系的基本现状："那时清华风气与现在大不相同，国文是最不时髦的一系，也是最受压迫的一系。教国文的是满清科举出身的老先生们，与洋装革履的英文系相比，大有法币与美钞之别。真的，国文教员的待遇不及他系教员的一半。因之一切都贬了值，买书分不到钱，行政说不上话，国文教员在旁人眼角视线下，走边路，住小房子。我想把国文系提高，使与他系一律平等，那第一得物色人才。"又说到和朱自清的交往："我到清华时，他就在那受气的国文系中作小媳妇！我去清华的第二天，便到古月堂去访他。他住在西厢房一间小屋里。下午西窗的太阳，射在他整整齐齐的书桌上，他伏在桌上低着头改卷子。就在这小屋子里，我们商定了国文的计划。"正是在杨振声和朱自清的努力下，清华大学中文系才有了新气象。在这种背景下，清华的年轻教师必定比老教师还要开心。到了寒假里，赵万里请吃年夜饭，请朱自清和浦、王二位年轻教师，聊聊新年，聊聊文学，聊聊来年的打算，开开心心过了新年。另外，赵万里请客，可能还有另一层意思，即浦、王和他自己，都是吴宓编辑天津《大公报》副刊《文学》的作者，席间，大约也没少聊这方面的话题。

浦江清日记第二次提到朱自清已到 1928 年 9 月 1 日，日记记的事情较多，有朋友来访，有晚上朋友招宴，一朋友花五十元新购一辆自行车，欲学骑云云，有专门一段写道："至佩弦处闲谈。佩弦方治歌谣学，向周作人处借得书数种在研读。"在二十年代，北京大学兴起歌谣热，周作人、刘半农等都参与其中，周作人写过文章，也搜集过不少歌谣。清华大学经杨振声改革后，气象大新，课程安排上也更丰富。朱自清新学年要担任歌谣课的老师，所以在这方面下大力气。新学年里，朱自清的好朋友俞平伯，也应罗家伦校长之聘，到国立清华大学中文系任教，还兴致很高地写了《始来清华园》一诗。俞平伯也喜欢歌谣，1921 年 11 月 9 日到常熟游览时，在常熟旅社里，还想到在杭州看到有人用粉笔写在墙上歌谣："高山有好水，平地有好花。家家有好女，无钱没想她。"还根据这首歌谣重写一首白话诗，并作了小序。俞平伯到清华和朱自清成为同事，交流很多，歌谣也是话题之一吧。到了 1928 年 11 月 7 日，朱自清和俞平伯一起招待了来访的周作人，席间有没有讨论歌谣呢？可以肯定的是，周作人曾在 11 月 21 日致信俞平伯，请俞代问朱自清是否愿意代沈尹默在燕京大学讲诗的课。而朱自清答应了，否则，不会有 24 日这天，俞平伯在给周作人的信中，谈及朱自清当日上午在燕京大学讲"歌谣之起源与发展"的课，并称朱自清"大有成为歌谣专家的趋势"。

第三次写到朱自清是在 1928 年 9 月 6 日，日记云："佩弦来闲谈，说起钱基博有《文学史讲义》，云孔子自创雅言，其后孔子门徒遍天下，故战国末文言统一了。""五四"以来，中国文学史是一门新兴的课程，一直是学术界争论较大的一个课目。虽然刘师培早在 1917 年就在北京大学开设中国古代文学史课，到了 1918—1919 学年时，他已经写成了较成熟的讲稿《中国文学讲稿概略》，十馀年下来了，关于这门课，国内还是没有权威者，文史大家刘咸炘就质疑过：

> 文学一科，与史、子诸学并立，沿称已久，而其定义、范围，则古无详说，今亦不免含混，是不可不质定者也。
>
> 近者小说、词、曲见重于时，考论渐多，于是为文学史者争掇取以为新异，乃至元有曲而无文，明有小说而无文，此岂足为文学史乎？

但是，想要另起炉灶别撰一本，则非易事，只能引述了《论语》所谓文学，乃是对德行、政事而言，而所谓学文，则是对力行而言，皆是统言册籍之学。以后学科的分化，才有专以文名，著录诗赋一种，然后扩展为集部，与史、子相分别。到了六朝齐、梁之时，才有文、笔的区分，以有藻韵者为文，无藻韵者为笔。其后雕琢过甚，以复古返质，掀起古文运动，文、笔之说遂废无人谈，而古文与史、子皆入，也未尝定其畛域，浑泛相沿而已。清代阮元复申文笔之说，文的范围才有讨论，章太炎正阮之偏，以为凡着于竹帛谓之文，有无句读、有句读的分别。近人取西人之说，以诗歌、戏曲、小说为纯文学，史传、论文为杂文学。

确实是这样。当年俞平伯要讲中国小说史，还写信给老师周作人，商借鲁迅的《中国小说史略》做参考。后来才有胡小石的《文学史讲义》、林庚的《中国文学史》、台静农的《中国文学史》（未完稿）稍有影响。这次朱自清向浦江清谈及钱基博的《文学史讲义》，可能是浦江清准备担任这门课而引起的。在那个时代，钱基博这本讲稿，和鲁迅的《中国小说史略》几乎齐名，大学老师们参考最多。

浦江清第四次在日记里写到朱自清，是在 1929 年 1 月 31 日。浦江清的日记时断时续，从 1928 年 9 月 26 日断续后，直到 1929 年 1 月 29 日才又重拾起来，中间断了四个多月。1929 年 1 月 31 日这天的日记，浦江清所记的事情很多，涉及朱自清的这一段是："吴雨僧先生及张荫麟君来谈。谈及《大公报》（天津发行）《文学》副刊前途事。此数期稿件甚缺乏，缘《大公报》纸张加宽，每期需九千字，而负责撰稿者仅四人。佩弦新加入，尚未见有稿来。以后每人每月需担任七千余字方可对付。"《大公报》副刊《文学》的主编原是吴雨僧，即吴宓。浦江清在 1928 年 1 月 17 日的日记曰："晚上，吴雨僧先生（宓）招饮小桥食社。自今年起，天津《大公报》增几种副刊，其中《文学》副刊，报馆中人聘吴先生总撰，吴先生复请赵斐云君（万里）、张荫麟君、王以中君（庸）及余四人为助。每期一出一张，故亦定每星期二聚餐一次。"此后不久，吴宓因家事和教学诸事繁忙，就把此事委托浦江清实际办理。浦江清既是撰稿人，也是组稿人，还是编辑。这次谈话，重点应该是关于稿件事。

此后两次日记，关于朱自清的记述都是关于稿件事，如1929年2月5日云："佩弦交来副刊稿件，为评老舍君之《老张的哲学》《赵子曰》两小说之文。文平平，无甚特见。《赵子曰》我曾读过，并在副刊主论《小说月报》十八卷时曾评及之。老舍君笔头甚酣畅，然少剪裁，又多夸诞失实，非上等作家也。"2月6日又云："晴，暖，发副刊稿至天津。稿共二篇，一即佩弦稿，一荫麟纪念梁任公之文。"

1929年5月3日之后，浦江清日记再次中断，一年半以后的1930年12月26日才又重新开笔。这段时间，浦江清正在恋爱，单恋燕京大学女生蔡贞芳。从此之后的日记，内容比以前较为详细，多为和蔡贞芳的交往，关于朱自清的记录也不少。开笔第一天的日记即有记录："今天可不同了。预先约好，请贞芳、仰贤来吃饭，并且请公超、佩弦作陪。"还说"佩弦和公超喝了些酒"。仰贤即陈仰贤，是蔡贞芳的同学兼好朋友。重新开笔的日记写的较长，透露了很多在当时还鲜为人知的信息，比如吴宓追求的陈仰贤对吴的态度，浦江清很冷静地写道："仰贤批评吴先生的离婚，表同情于吴师母，并且说吴先生的最小的一个女孩在家里，一听外面门铃响，便说爸来了，最使她的母亲伤心。仰贤批评说，吴先生是最好的教授，但是没有资格做父亲，亦没有资格做丈夫。这使我们都寒心，因为入座诸人都知道，吴在英国，用电报快信与在美国的毛彦文女士来往交涉，他们的感情已决裂了。吴现在唯一希望在得到仰贤的爱，而仰贤的态度如此，恐怕将来要闹成悲剧。"日记里还写了仰贤和贞芳唱昆曲，并说"他们都是跟溥西园新学的"。溥西园是著名昆曲家，此时正在和朱自清恋爱的陈竹隐也是溥西园的学生。浦江清第二天，即 1930 年 12 月 27 日的日记又写道："晚饭后，访佩弦于南院十八号。佩弦刚和陈竹隐女士从西山回来，还没有吃饭。佩弦替我买了一个故宫博物院印的日历。和陈女士略谈几句，便回来。陈女士为艺术专门学校中国画科毕业生，四川人，习昆曲，会二十馀出。佩弦认识她，乃溥西园先生介绍，第一次（今年秋）溥西园先生在西单大陆春请客，我亦被邀。后来，本校教职员公会娱乐会，她被请来唱昆曲。两次的印象都很好，佩弦和她交情日深。"此后日记，多次写到朱自清。如 1930 年 12 月 29 日，说"晚上，叶石荪请客"，"佩弦醉"。30 日，"晚上，赴叶公超君之宴。同座有俞平伯、叶石荪、朱佩弦及邹湘乔。西餐，洋酒。讨论中国旧剧之种种"。31日，"早上，发《文学》副刊第百一一期稿，因明日元旦邮局不办公，所以早发一日。平伯、佩弦借西客厅请客，故回房里看书"。1931 年 1 月 6 日记："下午回清华。电贞芳，云明日去访，她亦刚进城回来也。晚至佩弦处，适公超、章晓初在，谈至夜分。"8 日，浦江清的日记中写到他晚上请客，朱自清也在他请的九人名单中。9 日，提到"上午在佩弦处谈"。14 日，"晚间和佩弦、瑞珩、士荃、坚白等一同坐清华的校车进城"。18日，"下午到南院，佩弦进城未回"。这几则日记都是一笔带过。19日日记云："往图书馆，替贞芳借关于普罗文学理论的书，图书馆中没有，往国文系研究室，向佩弦借了几本。"从这则日记中，看出朱自清藏书之丰富和读书之广杂。25日日记云："午刻，湘乔宴请诸熟人，有陈竹隐、廖书筠两女士（皆四川人）。佩弦与陈女士已达到互爱的程度。陈能画，善昆曲，亦不俗，但追求佩弦过于热烈，佩弦亦颇不以为然。佩弦在这里已满五年，照校章得休假一年，资送国外研究。他要到英国，想回国后再结婚，陈女士恐不能等待了。"朱自清在北大读书期间，于1916年12月15日在扬州和武钟谦女士结婚。武钟谦于1929年11月26日因病去世。夫人去世后，朋友们对朱自清的婚姻生活也极为关心，1930年春天，好友顾颉刚甚至要为朱自清介绍女朋友。朱自清拒绝了顾的好意后，反而心绪难平，做了一首诗，其中有句云："此生应寂寞，随分弄丹铅。"到了1930年下半年，朱自清才由溥西园、叶公超先生牵线搭桥，认识了陈竹隐（见浦江清1930年12月27日日记）。陈竹隐出生于1907年7月14日，名宝珍，以字行。在陈竹隐十六岁那年，父母双双去世。此后，她考入四川第一女子师范，后又考入北平艺术学院，师从齐白石，于1929年毕业后，在北平第二救济院找了份工作，因不满院长克扣孤儿口粮愤而辞职，以当家庭教师教人作画为生，同时在溥西园门下学习昆曲。溥西园就是溥侗，是朱自清在清华的同事，号西园，别署红豆馆主，是清室后代爱新觉罗氏，世袭镇国将军、辅国公，此人是个大才子，自幼钻研棋琴书画，收藏金石碑贴，通晓词章音律，精于治印，更酷爱京昆艺术。朱自清和陈竹隐二人恋爱公开后，得到了许多朋友的祝福，俞平伯致周作人的信中都有提及，并认为"渐近自然"。浦江清日记中"恐不能等待"，并不是担心之语，而是指相爱的程度。朱自清到英国留学一年，于1932年7月31回国抵达上海，陈竹隐早已在上海码头等候，随即在上海举行了婚礼。

　　浦江清1931年的日记只记了一个月就中断了。重新写日记，是在一年后的1932年1月9日，两个月后再次中断。直到1936年1月才又开始。这段时间里，只有一则日记里提到朱自清，是在1932年1月16日，日记云："因旧历年底将届，汇家二百元。又代朱佩弦汇扬州二百陆拾伍元。"其时朱自清正在英国留学，在扬州的父母和子女的生活费用需要他汇钱回家，浦江清大约是受朱自清委托吧，每月给家中汇款。

　　1936年的日记中没有关于朱自清的记录。事实上，这年的日记也只记一个月就中断了。

　　在清华园日记下半部分的引言里，浦江清谈及他在清华的好朋友，有"与朱佩弦君最熟"一句，"师友除前述吴、陈、赵、王诸人外，有朱佩弦、叶公超、叶石荪、俞平伯、王了一等在清华"，说到与夫人张企罗的婚姻，"到北方后，佩弦替我决策，开始和企罗通信"。连婚姻大事都请朱自清"决策"，可见二人感情之深厚了。说到清华大学中文系的现状，浦江清更是动情地说："闻一多于三十五年七月，被刺于昆明，为我清华中国文学系一大损失。复员北平后两年，朱佩弦于三十七年八月十二日以胃溃疡开刀，病殁于北大医院，清华中国文学系再遭受一大打击……清华大学中文系现由我代理主任，教授有陈寅恪（兼任历史系教授）、许骏斋、陈梦家、余绍生（冠英）、李广田，连我共五位半，名额不足，人才寥落，大非昔比。"从这段话中，也能看出朱自清在学术界的地位和对于清华大学的重要性。

可惜浦江清的《清华园日记》，看上去跨度多年，其实实际记的天数加起来不足一年，如果能够记全，必定有更多的关于朱自清的记录。但仅从现在的日记看，也足见他们友情之深厚了。

2013 年 12 月 2 日写于北京草房。

书书有情

□ 陈　武

　　难得这样有闲，理了几天书，也读了几本关于书的书，有的是重读，有的是新读。看读书人、写书人谈书的书，真是别有趣味，也可以说是书书有情。

　　周作人的《书房一角》经止庵校订后，清新爽朗，洒脱俊秀，加上开本的特殊，让人爱不释手。出版家范用编了一本"怪"书，《爱看书的广告》。范用在"编者的话"里说："我爱书，爱看书的广告。"又说："印象最深的，是商务印书馆的'每日新书'广告，印在《申报》《新闻报》的头版报名之下，豆腐大小的一块。"也许正是这些书的广告对他的影响，才让范用最终成为出版家吧。这本《爱看书的广告》，就是他从上世纪三四十年代的报刊上收集汇编而成的，该书所收的书的广告，大多出自名家，鲁迅、叶圣陶、巴金、郁达夫、郑振铎、赵家璧、胡适等，这些广告文字，其实都是文辞优美的文学作品，或者是短小的书评，有时还传达出撰写者的感悟。如叶圣陶为朱自清《背影》撰写的广告云："这是他最近选辑的散文集，共含散文十五篇，叙情则缠绵悱恻，述事则熨帖细腻，记人则活泼如生，写景则清丽似画，以至于嘲骂之冷酷，讥刺之深刻，真似初写黄庭，恰到好处。以诗人之笔做散文，使我们读时感到诗的趣味。全书一百五十馀页，上等道林纸精印，实价伍角伍分。"这哪里是书的广告呢，分明是一篇文采飞扬的抒情散文。而范用老先生的新著《叶雨书衣》，则收录了他从事出版事业几十年来设计的封面和版式。叶雨是范先生的笔名，他设计的人文社科类图书封面，极富书卷气，简洁朴素，高雅大方，该书收录他七十余种图书装帧作品，有创刊号的《读书》，有巴金初版本《随想录》，有郑振铎的《西谛书话》等，可以说是对老版式的一次有趣的回顾和把玩。董宁文撰写的《人缘与书缘》，更是一部关于"书人书事"的书，记录的是读书界大家如施蛰存、柯灵、曹禺、季羡林、杨绛、王辛笛等人的读书、著书、编书的心路历程，文辞优雅，言之有味，加上一幅幅珍贵的照片和手迹，有精有神，使该书具备了多重的品质。奚椿年的《书趣》，通篇在"趣"字上作眼，对书的渊源细细道来。全书共分"书史篇""藏书篇""著书篇""读书篇"，谈了"形形色色的做书材料""奇特的古书装订式样""只此一家的孤本"

书书有情

等书趣，还说到"古人抄书""盲人著书""名人对书的比喻"等等，让你知道，书不仅是传递知识的载体，还有那么多生动的典故和逸闻。《中国书名趣谈》，和《书趣》又是截然不同的内容，前者是对上到《易经》下至《围城》的中外书籍的"书名"为论说对象，每一本书名都有一段故事，所谓"趣谈"重点在一个"趣"字上，涉笔成趣，落笔也成趣，居然"趣"谈了一百八十多本书。《藏书故事》是编者读书万卷，从中摘录的历代藏书家的藏书、读书、写书、淘书故事，每篇都不长，先介绍藏书家的生卒年、主要经历或事迹，然后叙述他的藏书故事，或摘录其诗文、言论，或转述别人对他的评议。《品书奇言》和《藏书故事》有些地方相似，不同的是，《品书奇言》重在摘录《朱子品书箴》《读书十六观》《演读书十六观》《读书通录》《先正读书诀》等旧籍里的精言妙句。这些金玉良言好比陈年佳酿，历久弥新，慢慢品尝，能为我们修身养性、为人处事方面提供有益的借鉴和启示。止庵的《相忘书》和王稼句的《看书琐记》，都是关于读书的心得和感悟，读来如饮甘露。

有时间理书，已经是幸福的事了；有时间理关于书的书，看看读书人、著书人谈书、说书，又是幸福中的幸福。闲中觅伴书为上，一卷好书在手，通过阅读，使书的内涵进入自己的精神和心灵，真的是太美妙的享受了。

闲读的美好

□ 陈　武

多年以前，我喜欢泡图书馆。我的乐趣，不是事先要去借什么书或读什么书，而是到借书处去闲逛逛，看看那些新书的预告，看看那些进入图书馆的读者，然后再在一排排大书柜的缝隙间走几趟，脚步要轻，要慢，要闻一闻书香，要让自己置身在书间。在某个角落，再停下脚步，聆听一会儿书们的窃窃私语。毫无预兆的，我的目光会停留在某一本书上，书脊上的字会亲切地跟我微笑，也仿佛在跟我打招呼。我伸手抽出来，翻开一页，读几行——这居然就是我喜欢的书，它就躲在这里，等着我来，仿佛我们气息早已相通。

这种感觉真是妙不可言。

这种奇特的幸福感一直延续着，一直是我进入图书馆的诱因，它让我在闲读中汲取许多营养，也培育着我对书的美好的情感。不知谁说过，图书馆是一座城市的思想，也是一座城市的灵魂。但是我却把图书馆当作答案，当作家里的一个房间，或者是我家门前瓜棚下的一块阴凉。我在这里可以随心所欲地和大师们对话，领略并感受大师们那充满智慧的思想和他们的思想放出的光芒；也可以和名不见经传的作者喁喁闲谈，聆听他们的趣味和风情。如果在书中，巧遇那些出入图书馆的主人公们，那种亲切和美好，真如春风拂面。说真话，这种闲适的阅读，一直影响着我，也一直是我心向往之的，这让我想起历史上一些闲读的或闲写的趣事。

早在一九二七年一月，成仿吾先生在《洪水》杂志第三卷第二十五期上，有一篇很标榜的文章，《完成我们的文学革命》，文中略带嘲讽的口气，说鲁迅先生"坐在华盖之下抄他的小说旧闻……这种以趣味为中心的生活基调，它所暗示着的是一种在小天地中自己编自己的自足，它所矜持着的是闲暇，闲暇，第三个闲暇"。到了一九三二年四月，鲁迅先生编辑他的第四本杂感集时，对成仿吾先生的话还有些耿耿于怀，在序言里重提这件事，"而且'有闲'还至于有三个"，因此，把文集"编成而名之曰《三闲集》"。

鲁迅先生被人家说"闲"有些不痛快，也许并不是成仿吾先生的"浅"，原因可能比较深奥也比较复杂，我们不去推想。丰子恺先生写文章标榜自己闲，却是真心的，他的画和散文，大都反映悠然、自在、恬淡、轻闲、自然、质朴、乐观等内容，有一篇《闲居》，还把"闲日月中的闲日"的生活情调，比作音乐，举了一大堆音乐俗语和音乐家，很有些自得其乐。方成作画，姜德民作文，印过一本《闲人与闲文》，记述不少京城名流悠闲自得的读书生活，倒是让人神往。记得若干年前，看过一本小书，叫《中国人的悠闲》，讲了许多种中国式的悠闲，散步、游历、养花、钓鱼、谈天、喝茶、下棋、观剧、听书、唱曲、斗鸡、斗蟋蟀、玩鸟、吟诗……还把读书之乐当作悠闲的一部分，让我特别的有同感。"读书不独变气质，且能养精神，盖理义收摄故也。"这是明代文人陆绍珩在《醉古堂》里的话，又说："披卷有馀闲，留客坐残良夜月；襄帷无别务，呼童耕破远山云。""闲中觅伴书为上，身外无求睡最安。"一向以玩乐为上的清人李渔在《闲情偶记》里更是说："读书最乐之事，而有人常以为苦……就乐去苦，避寂寞而享安闲，莫若与高士盘桓、文人论道。"现代作家孙犁在读书之馀，喜欢给书包上书衣，并在书衣上题简短文字，记述有关的书人书事，独创一种"书衣体"，结集有《书衣文录》，留下佳话。孙犁喜欢理书整书读书，觉得这是生活中高境界的悠闲。汪曾祺在《谈读杂书》一文中说："泡一杯茶，懒懒地靠在沙发里，看杂书一册，这比打扑克要舒服得多。"

　　以上这些，都是说读书的"闲"的，不过，能达到这种闲的境界的，可不是一般人都能做到。有人说："好读书如果是天性，那当然什么都不用说，肯定是乐在其中，不读则苦。嗜好的读书正是无功利目的的读书，是一种人生悠闲而有意义的享受。"宋代大文人黄山谷也说，人要不读书，会言语无味，面目可憎。林语堂把读书比作是一种心灵的活动。清代文人张潮在《幽梦影》里，对读书更有妙解："善读书者，无之而非书。山水亦书也，棋酒亦书也，花月亦书也。"又说："有功夫读书谓之福，有力量济人谓之福，有学问著述谓之福，无是非到耳谓之福，有多闻直谅之友谓之福。少年读书如隙中窥月，中年读书如庭中望月，老年读书如台上玩月，皆以阅历之浅深为所得之浅深耳。"

这些前人的妙论，多少次都让我回味无穷，所以也就无法改变我泡图书馆的习惯。试想一下，如果你躲在图书馆里，手把一本书——当然是亲自淘来的书，与闲读中，体味书人书事，沐浴智慧之光，其间妙趣，非三言两语可以说尽。

那么，也许有人会说了，如今商潮滚滚，谁还有心情把玩闲书呢？那是他对所谓的"闲"还理解不到位，或者说修行还不够。所谓闲书，不过是相对而言，透出的，应该是读书人的心态、智慧和气质，是只可意会不可言传的东西。是的，正是这种略显古怪的闲读，一次次唤醒我的创作欲望。也正是图书馆的魔力，唤起我闲读的兴趣。闲读就像疯狂的强效药，能让我得到意想不到的收获。